녹색 광선

꿈꾸는돌 43

녹색 광선

강석희 장편소설

2025년 9월 4일 초판 1쇄 발행
2025년 10월 20일 초판 2쇄 발행

펴낸이 한철희 | 펴낸곳 돌베개 | 등록 1979년 8월 25일 제406-2003-000018호
주소 (10881) 경기도 파주시 회동길 77-20 (문발동)
전화 (031) 955-5020 | 팩스 (031) 955-5050
홈페이지 www.dolbegae.co.kr | 전자우편 book@dolbegae.co.kr
블로그 blog.naver.com/imdol79 | 트위터 @Dolbegae79 | 페이스북 /dolbegae

편집 강정윤
표지 디자인 김민해 | 본문 디자인 김민해·이연경
마케팅 고운성·김영수·정지연 | 제작·관리 윤국중·이수민·한누리
인쇄·제본 상지사 P&B

ISBN 979-11-94442-45-5 (44810)
ISBN 978-89-7199-432-0 (세트)

ⓒ 강석희, 2025

- 이 책 내용의 전부 또는 일부를 재사용하려면 반드시 저작권자와 돌베개 양측의 동의를 받아야 합니다.
- 책값은 뒤표지에 있습니다.

녹색 광선

강석희 장편소설

돌베개

차례

7　　1부　트래핑의 필요

51　　2부　숲속의 빛

109　　3부　이모와 보내는 계절

163　　4부　돌과 춤

175　　작가의 말

178　　추천의 글

일러두기

이 소설의 제목은 에릭 로메르의 영화 「Le Rayon Vert」(1986)에서 빌려 왔다.
광학 현상의 일종으로, 태양이 뜨거나 지기 직전에 태양 주변에서 아주 드물게 나타나는
광선이라는 뜻도 있다.

1부

트래핑의 필요

1

이게 뭐지?

학교에서 뭔가를 궁금해해 본 건 정말 오랜만의 일이었다.

언제부터 여기 있었지?

그것은 우리 학년이 쓰는 홈 베이스 공용 탁자에 놓여 있었다. 원래 있었던 것을 내가 못 봤던 건지, 아니면 갑자기 나타난 건지, 알 수 없었다.

'안다'는 말을 하는 것에 자신을 잃어버린 지 오래였다.

미술 시간에 솜씨 없는 애가 최선을 다해 만들었음 직한 알록달록한 상자였다. 색채에 대한 감각이 묘하달까, 기발하달까. 음침해 보일 만큼 어두운 부분이 있는가 하면 쨍하게 밝은 부분도 있었다. 보는 것만으로도 어쩐지 긴장이 되었다.

　상자에는 나름의 기능도 있는 듯했다. 윗면에 해당하는 판에 동그란 구멍을 뚫어 놓았고 그 위를 진분홍색 종이로 덮은 다음 칼로 죽죽 그어 손을 넣을 수 있게 해 두었기 때문에 뽑기 상자나 투표함으로 쓸 수 있었다. 누가 봐도 비슷하게 생각할 수 있도록 친절하게 디자인된 물건이었다. 자세히 보니 오른쪽 하단에 히라가나로 이렇게 적혀 있었다.

'えらんでみてください'

번역기를 돌려 보았다.

에란데미테쿠다사이.

뜻은 '선택해 주세요.'

…….

뭘?

손을 넣어 보았다. 탁구공 정도 크기의 플라스틱 구체들이 닿았다. 하나를 꺼냈다. 반으로 가를 수 있는 보라색 뽑기 공이었다. 안에는 아무것도 들어 있지 않았다.

뭐지?

하나를 더 꺼내 보려고 했는데 성큼성큼 다가오는 발소리가 들렸다. 손에 든 공을 도로 집어넣고 사물함 쪽으로 돌아섰다. 교과서를 챙기는 척했다. 가슴이 쿵쿵 뛰었다. 얼굴도 발갛게 달아올랐다. 자율 신경계 조절 이상이라고 했던가. 누구에게도 보이고 싶지 않은 모습. 머리를 사물함에 더 깊이 집어넣었다.

이러는 것도 이상해 보이진 않을까? 몰라. 모르겠다.

홈 베이스에 도착한 아이들은 내게 아무런 관심도 없었다. 등 뒤의 기척으로 아이들이 탁자 위의 상자를 둘러싸고 있다는 걸 알 수 있었다. 아이들은 상자에서 공을 꺼낸 다음 저마다 외쳤다.

"어. 나 맞췄다. 빨강!"
"아, 씨. 오늘도 꽝이야. 나 초록 싫은데!"
"뭐야. 나 왜 이번 주 내내 주황이지?"

상자 속에 든 건 아마도 무지개색의 공들. 아이들은 매일 아침에 뽑고 싶은 색깔을 정해 놓고 그날 하루를 점쳐 보는 놀이를 하고 있었다. 그런 거였다면, 나는 뭘 뽑고 싶어 했을까. 손을 넣기 전에 어떤 색깔을 상상했을까. 적어도 보라색은 아니었을 것이다.

아이들은 다른 볼일은 없었는지 금세 자리를 떴다. 쉬지 않고 재잘거리는 소리가 멀어지는 걸 들으며 저 아이들에게 색깔을 뽑는 일이 단순한 유희일지, 하루를 점쳐 보는 중요한 의식일지 궁금해졌다. 겉으로는 아닌 척해도 간절한 마음으로 손을 넣는 아이가, 잠깐의 결정에 하루의 기분이 좌우되는 아이가 한 명 정도는 있지 않을까? 그랬으면 좋겠다. 나는 이상한 사람이지만, 나만 이상한 사람은 아니었으면. 참 오래된 마음이었다.

한편으로는 상자를 만든 사람의 마음도 궁금했다. 당신은 어떤 색을 가장 좋아하나요? 일곱 가지 색깔 중에 있나요? 이걸 왜 만들었나요? 마음이 또 어지럽습니다. 그리고 나도 넣고 싶은 색깔이 하나 있는데요. 그것은 검정. 무척이나 몹시나 검정이어서 당신은 그걸 갖고 싶어질지도 몰라요. 이걸 만들면서 당신이 지었을 표정을 상상합니다.

그나저나,

대체 누가 이런 걸 가져다 놨지?

2

짧게 심호흡을 하고 교실 뒷문을 열었다. 반 애들은 3분의 1 정도 와 있었다. 아무도 내게 관심을 갖지 않았다. 나 역시 눈을 돌리지 않고 곧장 내 자리로 갔다. 매일 반복되는 일이었다.

내 자리는 창가 맨 뒷자리였다. 자리 뽑기는 한 달에 한 번이었는데 세 달 연속 같은 자리였다. 간절히 원했고 어째서인지 매번 이루어졌다. 390,625분의 1의 확률. 그러나 아무도 놀라지 않았다. 내가 거기에 있다는 걸 신경 쓰는 사람은 없을 것이었다. 담임은 알까? 장담할 수 없는 일이다.

책상마다 종이가 한 장씩 놓여 있었다. '2학년 6반 1인 1소모임 안내'라고 적힌 안내장이었다. 개설된 모임은 모두 일곱 개였다. 스페인어 공부 모임, 아침 독서 모임, 저녁 시간의 러닝

크루 같은 자기 계발 성격이 강한 모임들 사이에서 내 눈길을 끈 것은 '생활 트래핑'이었다. 안내란에는 이런 설명이 있었다.

아래로 떨어지는 모든 것은 부서질 위험을 안고 있다.
낙하와 파손. 거스를 수 없는 운명이라면, 견디는 연습을 하자.
샤프심, 휴대 전화, 달걀, 쿠크다스……
위치 에너지를 줄여 손상을 최소화하는 것만이 우리의 살길, 나아갈 길.
연습에 연습을 거듭하다 보면, 뚝 떨어지는 기분과 한없이 가라앉는 마음까지 받아 낼 수 있을지도!

모임장: 고혜영
모임 시간: 추후 결정
희망 정원: 4명

다른 모임들과 비교할 때 압도적으로 빽빽한, 그래서 구구절절해 보이는 안내였다. 나는 책상 옆에 선 채로 가방을 열고 샤프를 꺼내 생활 트래핑 옆에 동그라미를 그렸다.

열심히 활동할 생각은 추호도 없었지만 머릿속에는 떨어지는 무언가를 받기 위해 손과 발을 뻗는 내 모습이 그려지기도 했다. 무표정한 얼굴로 역동적인 몸짓을 하며 내가 받으려고 하는 것은 까맣고 까만, 무척이나 까만, 돌 하나였다.

3

학교를 마친 다음에는 줄곧 이모를 생각했다.

하교하면서 뽑기 상자를 들어 보았고, 상자 아래에는 모종의 디자인이 있었다. 깨어진 하트였다. 하트의 색깔과 형태에서 의도가 다분히 느껴졌다. 다른 아이들은 이걸 알고 있을까? 아무에게도 말하지 않을 것이고, 누구에게도 묻지 않을 일이었지만 문득 궁금했다.
이모는 어떤 대답을 할까.
이모에 대한 생각은 그렇게 시작되었다. 그만하고 싶었다. 하지만 그럴수록 계속 이모를 생각하게 됐다. 생활 트래핑 안내문의 '위치 에너지'라는 단어를 보면서도, 칠판 오른쪽에 적힌 급식 메뉴와 레몬 타르트 그림을 보면서도, 6교시 내내 창밖만 보면서도, 내내 이모를 생각했다. 그것을 깨닫자, 사실상 이모 생각을 하며 보낸 하루였다는 걸 인정하지 않을 수 없었다. 그 사실은 나를 낯설게 했고 놀라게 만들었으며, 소름 끼치게 했다. 이다지도 무의식적으로, 아주 자연스럽게 이모를 생각하고 있었다니. 어쩌면 매일을 그렇게 지내 왔는지도 모를 일이었다.

나에게 이모는 한 명이다. 나의 엄마 정윤희의 네 살 터울

동생 정윤재. 둘째는 아들이기를 바랐던 외할아버지가 임신 소식을 듣자마자 정해 놓았다는 이름의 주인. 하지만 딸이었고 그럼에도 불구하고 셋째를 갖는 일을 포기하게 만들었다는 이모. 그녀와 연락하지 않은 지가 햇수로 3년이었다. 그 시간 동안 매일 이모를 생각했다면, 그게 사실이라면 그것은 어떤 마음의 증명일까. 만나지 않는, 앞으로도 그렇게 지낼 예정일 누군가를 생각하는 나의 꾸준함과 성실함은 이상하고 슬픈 기분을 불러왔다.

날씨가 쓸데없이 맑고 밝고 포근했다. 공기에서 살구색 스웨터의 감촉이 느껴졌다. 이모가 직접 떠서 선물해 준 옷. 이모와 관련된 것들이 자꾸만 떠올랐다. 입지 않는 스웨터 같은 건 왜 생각이 나서 마음을 무겁게 할까. 물먹은 스웨터처럼 몸도 마음도 축축 늘어졌다.

그러다 문득 그 옷의 다음 주인이 누구여야 하는지 알게 되었다. 집을 향해 걸음을 재촉했다. 가방 안의 여러 가지가 덜그럭거리며 부서지는 소리를 냈다. 누가 등을 떠미는 것처럼 몸이 앞으로 기울었다.

4

다음 날 점심시간에 생활 트래핑 첫 모임이 있었다. 혜영이 내 무릎에 붙은 거즈와 반창고를 보며 말했다.

"저런, 연주야……. 중력을 이기지 못했구나."

예상을 했지만 역시나. 혜영은 말하는 게 이상했다. 아니 생각 자체를 이상하게 하는 거겠지.

"생활 트래핑을 익히면 이런 일이 줄어들 거야."

역시 오는 게 아니었어. 하지만 '이런 일'이 '없을 거'라고 하지 않고 '줄어들 거'라고 말하는 건 조금 마음에 들었다. 아주 조금.

그렇다 한들 모임에서 뭔가를 하지는 않을 생각이었다. 첫날부터 불참했다가 담임에게 불려 가는 귀찮은 일을 만들기 싫은 마음이 99퍼센트, 대체 뭘 연습한다는 건지 궁금한 마음이 1퍼센트였다.

나머지 멤버 둘은 다해와 정연이었다. 그 아이들은 서로 친한 사이였으나 혜영과는 그리 가깝지 않은 것 같았다. 그럼에도 세 사람은 쉽게 어울리며 생활 트래핑을 했다. 연습 도구는 미술용 점보 지우개였다. 혜영은 한 번 접은 신문지 위에 올라간 다음 머리 높이에서 지우개를 떨어뜨렸고, 그걸 발등으로 받아서 자기 발밑에 사뿐히 내려놓았다. 다해와 정연이 박수를 짝짝 쳤다. 과연 신기한 재주이긴 했다. 하지만 저게 무슨 의미가 있지? 세 사람을 보는 내 눈빛에서 뭔가 읽힐까 봐 겁이 나서 고개를 숙였다. 내가 그러거나 말거나 다해와 정연은 의욕적으로 지우개 받기에 도전했다.

"실패!"

혜영의 목소리가 우렁찼다. 다해도 정연도 지우개를 신문지 안에 내려놓지 못했다. 일단 발로 지우개를 건드리는 것부터 어려운 일이었다. 혜영이 한 것보다 훨씬 낮은 높이에서 시작해도 매한가지였다. 그래도 세 사람은 깔깔 웃으며 지우개를 주우러 다녔다. 내겐 쉽게 이해되지 않는 마음들. 알았던 적도 있었나. 어쨌든 이제는 모르게 되어 버린 기분들. 나는 무릎을 안고 앉아 고개를 더 깊이 파묻었다. 점심시간은 어떻게 해도 길구나. 다친 무릎을 매만지며 지난 밤의 일을 더듬어 봤다. 혜영이 잘못 알고 있는 것에 대해서 생각했다.

내가 무릎을 다친 건 넘어져서가 아니었다.

고양이 때문이었다.

5

나는 동물들과 사이가 좋지 않다. 악연이라고 해도 과언은 아니었다. 내 마음은 그렇지 않은데 동물들이 나를 싫어한다. 동물들에게까지 미움받는 인생이라니. 내 어깨에 귀신이라도 올라타 있는 게 아닐까 진지하게 고민했던 때도 있었다. 동물들은 귀신을 보면 마구 울어 댄다고 하니까.

동물들은 내가 아무리 얌전히 있어도 난리를 피웠다. 짖고 으르렁대고 덤벼들었다. 누구에게나 순하게 굴던 동네 강아지에게 쫓겼고, 목장 체험을 갔다가 양에게 물렸으며, 동물원에서 난데없이 날아온 코끼리 똥에 맞은 적도 있다. 그런 형편이다 보니 동물들을 만나면 몸이 굳었다.

하지만 나는 동물들을 미워할 수 없었다. 동물들이 내게 그러는 데는 이유가 있으니까.

내가 정말로 귀신을 어깨에 지고 다닌다면 그 귀신은 아마 토끼의 형상을 하고 있을 것이다. 나는 그 토끼의 이름을 안다. 솜이. 내가 지어 주었고 나만 부르던 이름. 솜이는 다섯 살이던 내가 지구에서 가장 좋아하던 생명체였다. 가족도, 친구도, 그 누구도 솜이를 이길 수는 없었다.

솜이는 나의 외가에 살았다. 그 집은 벽돌로 지은 주택이었다. 1층에는 외가 식구들이, 2층에는 동물들이 살았다. 내 기억이 맞다면 개, 닭, 염소가 각자의 케이지 안에 있었고 신문지를 깔아 놓은 소쿠리 위에는 꾸물거리는 애벌레들도 있었다. 그 동물들이 왜 거기에 그런 식으로 있어야 했는지 그때의 나로서는 알기 어려웠다. 유쾌하다 할 수 없는 기운으로 남은, 이제는 기억조차 흐릿한 공간.

그렇지만 또렷이 기억하는 것도 있다. 나의 작은 손에 쥐여 있던 잡풀 몇 가닥과 그걸 받아먹는 솜이의 앞니. 그건 확실한 기쁨. 하지만 그 모습을 볼 수 있었던 것도 다섯 살까지였다.

솜이에 대한 기억을 그러모아도 1년이 온전히 만들어지지 않는다. 솜이는 어느 날 사라졌다. 가을과 겨울의 사이. 원인 불명의 고열에 시달리던 내 앞에 뿌연 고깃국 국물이 놓이고 그걸 마셨던 다음 날. 자리를 털고 일어나 2층에 올라갔을 때 솜이는 없었다. 솜이의 부재는 영영의 일이 되었다. 나는 한동안 악몽을 꿨다. 국그릇을 놓아 주던 외할아버지의 거칠한 손 위로 솜이의 앞니가 포개지고 그 위로 누군가가 구토하는 소리가 얹히는 꿈이었다.

6

내게 사납게 굴지 않는 동물을 만난 건 올해의 가장 큰 사건이었다. 그 동물의 이름은 밤이. 밤이는 삼색 고양이. 밤에 만나서 밤이였다. 이름을 붙여 놓고 보니 솜이랑 비슷해서, 그러므로 두려워져서 얼른 바꿔 주려 했지만, 밤이야, 하고 이미 불러 버린 뒤였다. 밤이는 원래부터 밤이였던 것처럼 애옹, 대답까지 했다.

밤이는 찔레 공원에 살았다. 그곳에 가려면 우리 동네에서 버스를 타고 네 정거장을 가야 했다. 나는 새해 첫날부터 그곳까지 걸어간 다음 산책로를 한 바퀴 걷고 다시 집까지 걸어서 돌아오는 것을 운동 루틴에 추가했다. 신년 계획에 포함된 일이었다. 올해는 딱 3킬로그램만 더 빼자. 몸무게 앞자리를 바꾸자. 마음을 독하게 먹은 참이었다. 빠르게 걸어야 효과가 있을 것 같아서 팔을 크게 휘젓고 쉭쉭 소리까지 내며 걸었다. 그렇게 하면 대충 두 시간 정도가 걸렸다.

 1월 1일 오후 6시 반, 첫 걷기가 시작되었다. 그리고 매일 똑같은 시간에 똑같은 속도로 걸었다. 걸으면서 종종 슬퍼졌고 슬픔을 이기려고 음악 소리를 높이거나 휘파람을 불기도 했다. 무용한 노력이었다. 어느 날은 참지 못하고 울어 버렸다. 커다란 볼캡을 쓰고 마스크까지 끼고 있어서 다른 사람들은 내가 우는 걸 알 수 없었을 것이다. 하지만 나는 울었고 눈물이 줄줄 흘러 마스크를 다 적셨다. 3월 말이어서 꽃샘추위도 지나갔을 때였는데 이상하리만치 추웠다. 나만 춥나. 그렇게 시작된 잡념은 이상한 방향으로 꼬리를 물었다. 학교 애들은 지금쯤 야간 자습을 하거나 학원에 가 있겠지. 이렇게 공원을 미친 사람처럼 걷고 있는 한가한 인간은 나뿐일 거라는 생각에 다다랐다. 더럽게 춥네 씨발. 내 입에서 튀어나온 욕설이 나를 한없이 초라하게 만들었다. 그리고 울음이 터졌다.

 갓난아기와 산책을 나온 부부, 손을 잡고 걸어가는 연인, 홀로 걷고 있는 노인을 잰걸음으로 지나쳐 사람들의 발길이 끊긴 곳까지 걸었다. 공원의 가장 깊은 자리. 2주 전에 내린 봄눈이 얼룩을 뒤집어쓴 채 남아 있던 그곳은 사용이 중단된 화장실 앞이었다. 마스크를 벗었다. 숨을 들이쉬니 폐를 무언가로

콕콕 찌르는 것 같았다. 밤이가 내 앞에 나타났다.

나타났을까?
정확히 말하면, 밤이는 놓여 있었다. 젖은 수건처럼 사지를 쭉 늘어뜨린 채로 바닥에 붙어 있었다. 눈도 뜨지 않고 엎드려 있던 밤이를 보고 나는 두려워졌다. 죽은 걸까? 이를 어쩌지? 신고라도 해야 하는 게 아닐까? 아니지. 일단 정말 죽었는지 확인 먼저 해야겠지. 하지만 그걸 어떻게 할 수 있나. 머릿속이 복잡했다. 밤이의 상태를 조금 더 자세히 보기 위해 한 발 다가갔다. 동물들에게 시달린 많은 순간들이 나를 스쳐갔다. 진땀이 났다.
밤이가 눈을 떴다. 번쩍. 그리고 끔뻑끔뻑. 눈을 뜨고 감기를 반복하더니 울었다. 갓 태어난 것처럼.
어쩌면 밤이는 정말 다시 태어났는지도 모른다. 고양이의 목숨은 아홉 개라는 말도 있으니까. 그렇다면, 그때의 밤이는 몇 번째 목숨을 살기 위해 태어났던 걸까?

깨어난 혹은 태어난 밤이는 액체가 고체로 뭉쳐지는 것처럼 움직였다. 눈으로 봐도 믿기지 않을 정도로 부드러운 움직임이었다. 천천히 몸을 일으켜 쭉쭉이를 길게 한 다음 앞발을 모으고 앉았다. 가로등 불빛마저 어둑한 그곳에서 밤이의 눈이 유독 반짝였다. 우주 망원경으로 포착한 밤하늘의 조각처럼 변화무쌍하게 빛나던 밤이의 눈동자. 나는 넋을 잃고 밤이의 눈을 보았다. 그리고 확신했다. 이 아이와는 친구가 될 수 있을 거라고. 우리는 이미 눈을 맞추고 있는걸.

"밤이야."

내가 부르고,

"애옹."

밤이가 답하던 밤. 배꼽에서 시작해서 목젖까지 따뜻한 기운이 번졌다.

감동, 감격, 안도, 안심…….

이런 것인 줄 알았다. 하지만 구토였다. 자리를 떠날 틈도 없이 토사물이 왈칵 쏟아졌다. 마지막으로 먹은 건 바나나 반 개였다. 엄마와 한참을 다투다 억지로 삼켰던 것. 엄마가 미웠다. 실은 내가 미웠다.

그러게 그걸 왜 먹었어!

이를 꽉 깨물고 머리를 쾅쾅 올리는 비명과 고함을 삼켰다. 맞물린 치아 사이에서 까드득 소리가 났다. 밤이를 만나고서 잠시 잊었던 한기가 다시 나를 감쌌다. 온몸이 사시나무처럼 떨렸다.

와아—

갑자기 함성 소리가 울렸다. 굵직한 빛줄기 몇 개가 밤하늘을 훑고 지나갔다. 공원 건너편의 야구장에서 길을 건너온 소리와 빛이었다. 나는 그 야구장에 간 적이 있었다. 지고 있던 팀을, 처음 보는 선수를, 목이 터져라 응원했었다. 그날 내가 응원했던 팀이 역전에 성공했던가? 기억이 잘 나지 않았다. 그걸 알 만한 사람은 이모였다. 이모라면 틀림없이 기억하고 있을 텐데. 하지만 내가 묻지 않을 것이니 그것은 영원한 의문으로 남게 된다.

잠시 생각에 잠긴 사이에 밤이가 내 주위를 빙빙 돌았다. 그러다가 이내 내 다리 사이로 8자를 그리며 걸었고 몸으로 나를 툭툭 건드렸다. 그게 고양이가 애정을 표현하는 방식이라는 걸 그땐 몰랐지만 밤이의 온기와 무게는 확실히 좋았다.

그날 이후로, 나는 저녁마다 밤이를 보러 갔다. 밀폐 용기에 담은 건식 사료나 고양이용 참치 캔, 그리고 생수 한 병, 때때로 츄르를 챙겨서 밤이를 보러 갔다. 우리가 처음 만났던 공원 화장실 뒤편에 종이 상자와 스티로폼으로 만든 집도 세워 주었다. 내 체력과 정신력을 모두 쏟아서 한 일이었다. 그날 나는 또 악몽을 꿨지만 후회는 없었다. 밤이가 그것을 제집이라고 이해했는지 알 길은 없었다. 밤이가 거기에서 나를 맞은 적이 없었으니까. 밤이를 매일 볼 수 있었던 것도 아니었다. 그래도 나는 하루도 거르지 않고 갔다. 비가 와도 바람이 불어도 몸이 아파도 마음이 찢어져도.

운동을 해야 해.

밤이를 봐야 해.

두 개의 강박에 붙들린 나는 지나치게 무리했다. 그렇지만 밤이를 만나서 밤이와 노는 시간은 몸과 마음의 고생에 충분한 보상이 되었다.

7

밤이만이 유일한 탈출구였다. 그렇게 될 줄 미리 알았고, 정말 그렇게 되었다. 나는 내게 일어나는 불길한 일들을 잘 예감했다. 하지만 그것들에 대응하지 못했다. 나는 자주 갇혔다. 쉽게 붙잡혔다. 내가 만든 강박에, 굴레에, 덫에.

세상의 모든 비참이 내게 쏟아지는 것만 같았다. 나를 즐겁게 하던 것은 금세 나를 괴롭혔다. 나를 괴롭게 만드는 것은 나를 쉽사리 중독시켰다. 나는 내게 자주 실망했다.

사실은 매일.

아니, 매 순간.

돌이켜 보면, 사랑을 받고 싶었을 뿐이다.

더 많고 더 큰 사랑을.

나는 똑똑한 아이였다. 그건 살아가는 데 있어 편리한 무기였다. 태어나서 15년 동안 그랬던 것처럼 모두가 나를 좋아하고 쉼 없이 칭찬해 주길 바랐다.

올 아이즈 온 미. 포에버.

그렇게 할 수 있다. 그렇게 된다. 나는 믿었다.

그리고 남은 것은,

씹뱉과 먹토.

자주 생각한다. 어디서부터 잘못된 걸까?

과학고에 가지 못한 것. 외고에도 가지 못한 것. 일반고에서도 내신을 망친 것. 연애에 실패한 것. 헤어진 남자 친구가 거짓말을 퍼뜨린 것. 그걸 다들 믿은 것. 급식을 혼자 먹게 된 것. 동아리에서 내쫓긴 것.

불과 1년 반 만에 일어난 일이었다. 나조차도 믿기 어려웠지만 모두 사실이었다. 하지만, 그 일들의 총합으로 지금의 나를 온전히 설명할 수 있을까? 그렇지 않다. 그럴 수 없다.

어느 새벽.

나는 발 없는 귀신처럼 움직여 냉장고 앞에 도착한다. 먹을 수 있는 것들을 쓸어 담듯이 삼킨다. 손에 시뻘건 물이 들고 입안에 단맛과 짠맛과 신맛이 뒤섞인다. 코로 비릿한 냄새를 맡는다. 그리고 모조리 토해 버렸다. 당황스럽고 슬픈 가운데 묘한 쾌감이 올라왔다. 해방되는 느낌. 나를 가둔 사방의 벽을 주먹으로 때려 부순 것 같았다. 내 손이 피로 범벅된 듯한 착각과 함께 힘이 아주 센 사람이 된 기분이 들었다.

그날은 언제였을까. 여름이었던 것도 같고 겨울이었던 것도 같다. 모르겠다. 언제였는지도. 왜였는지도. 그럴 때가 되었을 뿐인 게 아닐까. 일어날 일은 일어난다. 그렇게 말한 사람이 아빠였나, 엄마였나, 선생님이었나.

그날 이후, 음식을 정상적이지 않은 방식으로 다루는 것만이 내 마음대로 할 수 있는 전부였다. 그것만이 내게 확신을 주었고, 그렇게 할 때만 즐거웠다.

"쟤 몸 선이 진짜 예쁘다."

그렇게 말한 애가 누구였는지도 모른다. 상관없었다. 그 말을 절대 잊지 못할 것이다. 내게는 억겁의 세월을 건너온 칭찬이었다.

꽃이 피는 때였는지 잎이 지는 때였는지. 그 순간 이후로는 목구멍을 지나가는 모든 것이 살이 되어 턱에 붙고 배에 붙고 허벅지에 붙을 것 같았다. 음식을 삼키지 않고 뱉었다. 삼켰다면 토했다. 나는 가늘어졌다. 퀭해지고 휑해졌다. 거울에 비친 내 모습이 쓰러질 듯 약해 보여야 마음이 놓였다. 아이들이 내게 다가오지 않아도 말을 걸지 않아도, 때로는 콧등을 찌푸리며 발걸음을 멈추어도 괜찮았다. 부러워서 그러지 다들. 내가 새벽 4시에 눈을 떠서 줄넘기 천 개를 하는 사람인 걸 알면 뭐라고 하려나. 돌아올 반응을 상상하면 웃음이 나기도 했다. 웃고 나면 울고 싶어졌고 울고 나면 음식 생각이 났다. 폭식을 상상하며 몰래 기뻐하다가 마구 먹고 토했다. 그 주기는 점점 짧아졌고, 결국 엄마에게 들켰다. 그날 엄마는 나를 붙들고 한참을…….

검은 돌을 갖고 싶다고 생각한 건 그때부터였다.

8

점심시간 종료 예비종을 듣고 눈을 떴다. 트래핑을 마친 혜영과 다해와 정연이 신문지와 지우개를 챙기고 있었다. 어느새 생활 트래핑 첫 모임이 끝나 있었다. 깜빡 졸았고 짧은 잠 속에서 꾼 꿈의 마지막 장면이 생생해 무릎에 다시 손바닥을 댔다. 나를 할퀴었던 발톱의 느낌이 다시 살아나는 것 같았다. 몸이 얕게 떨렸다.

"들어가자."

혜영의 목소리였다.

"그래. 가자."

이번에는 다해의 목소리. 나는 그냥 자리에 앉아 있었다. 멍한 정신이 조금 맑아지면 일어서려고 했다. 들어가자는 말은 어차피 자기네들끼리 나누는 말이라 생각했다. 그때 정연이 내 손을 덥석 잡았다.

"뭐 해? 수업 늦어."

그 애들이 나를 기다리고 있다는 걸 그제야 알았다. 당황스러워 할 말을 찾지 못했다. 정연의 손을 놓았다. 본의는 아니었지만 뿌리치는 모양새가 되었다. 아주 잠깐이었지만 정연의 눈빛에서 민망함과 서운함이 스쳤다. 나는 그런 걸 잘 알아챘다. 그러게 왜……,로 시작하는 많은 말들, 나를 보호하기 위한 말들이 머릿속에 번쩍였다.

"놀랐어? 미안……."

"야. 그러게 왜 갑자기 손을 잡고 그래."

아이들의 말에서 진심이 느껴졌다. 저마다 다른 빛깔로 맑은 눈빛. 왜 맑지? 왜 너네만 맑아? 호의와 선의 앞에서 그런 생각이나 해 대는 내가 미웠다.

힘겹지만 힘겹지 않은 척 일어서서 교실 쪽으로 먼저 걸어갔다. 세 사람은 내게 약간 뒤처진 채로 따라왔다. 그렇게 조금 걷다가 멈춰 서서 말했다.

"너네 먼저 가."

셋은 눈빛을 주고받았다. 그리고 내 앞으로 갔다. 어느 정도 거리가 멀어진 다음에 나도 다시 걸었다. 목구멍과 혀 사이로 나 자신을 비난하는 말들이 요동쳤다.

다 나 때문인 것 같았다.

밤이가 나타나지 않는 것도.

아니 확실히 내가 문제다.

어쩌면 밤이는, 솜이가 보낸 가장 지독한 정령이 아니었을까. 내 마음을 할퀴고 찢으라고. 나라는 인간의 가장 깊고 축축한 곳까지 들어와서 자리를 잡았다가 사라진 게 아닐까. 영원히 메울 수 없는 구멍을 만들어 놓고서.

밤이가 길에서 사는 고양이라는 사실은 밤이의 부재와 함께 선명해졌다. 왜 나는 밤이를 데려다 키울 생각을 하지 못했을까. 이유가 많았지만 밤이가 사라지고 나니 전부 다 핑계일 뿐이었다.

내가 밤이를 보는 건 30분 남짓. 하루의 나머지 23시간 30분의 밤이가 어떻게 살아가는지 나는 알지 못했다. 내가 정말 밤이를 '본' 게 맞을까? 밤이의 어떤 부분만, 이를테면 내가 원하고 좋아하는 것만 보고 있었던 게 아닐지. 조금의 사료와 약간의 물. 밤이가 쓰는지 아닌지도 알 수 없는 집. 고작 그런 것만 주고 나는 밤이에게서 하루치의 행복을 얻었다. 길고양이의 수명을 검색해 봤다. 그것의 길이는 아주 짧았다.

9

이모는 살구색 스웨터를 선물하며 살구를 함께 줬다. 스웨터와 살구의 색깔이 얼마나 비슷한지 보라고 거듭 말하면서. 이모는 뿌듯해 보였다. 감정을 만면에 드러내는 사람은 아니므로 눈썹을 까딱, 입꼬리를 살짝, 하는 정도로 그 얼굴은 찰나처럼 지나갔지만 나는 알 수 있었다. 이모가 스웨터를 어떤 마음으로 떴는지를. 겨울옷을 여름에 선물하며 어떤 기분을 느끼는지를.

 살구색 스웨터를 품에 안고 살구를 먹었다. 살구를 실제로 본 건 그날이 처음이었다. 먹어 본 것도 당연히 처음이었다. 살구는 전래 동화에나 나오는 과일, 먹을 것이 부족하던 때에 먹던 옛날 과일인 줄 알았다. 살구를 먹는 사람은 책에도 TV에도 나오지 않았다. 당장 마트에 가도 살구는 팔지 않았으니까. 엄마에게 물어본 적도 있다.
 "왜 사람들은 살구를 안 먹어?"
 엄마는 별 이상한 걸 다 묻는다는 표정이었다.
 "맛이 없으니까 안 먹겠지."
 맛없는 건 살구인데 괜히 내가 시무룩해졌다. 살구, 좀 안쓰러운데? 하지만 곧 잊었고, 살구에 대한 이야기를 이모에게 한 적은 없었다.
 그런데 이모가 살구를 구해 온 거였다. 생각보다 쉬운 방법―인터넷 쇼핑, 조금 비싸게―으로 샀다고 했다. 내게 살구를 먹이기 위함이 아니라 자기가 뜬 스웨터의 색깔을 자랑하기 위함이었지만 그래도 좋았다. 살구는 맛있었고, 스웨터는 예뻤다. 내게는 그게 중요했다.

워낙 품을 넉넉하게 만든 옷이어서 영원히 입을 수 있을 것 같았지만 스웨터가 작아졌다고 느끼는 날은 금세 왔다. 열다섯 살이 되던 겨울이었다. 중1 겨울 방학 동안 키와 몸무게가 쑥 늘었기 때문이다. 하지만 그해 가을이 지나고 겨울이 돌아왔을 때도 나는 그 옷을 입었다. 가족들도 친구들도 핏이 애매하다며 고개를 갸웃거렸지만 상관없었다.

이모의 스웨터는 내게 부적이었다. 좋은 일이 있길 바라는 날이나 그래야만 하는 날이면 어김없이 교복 위에 겹쳐 입었다. 안 그래도 작아진 옷에 교복 블라우스까지 받쳐 입으니 꼭 끼었다. 하지만 답답하지 않았다. 이모가 힘을 줘서 안아 주는 것 같았다. 이모에게 그런 식으로 안겨 본 적은 없지만.

그 옷을 입은 날에 나는 좋아하는 애에게 난생처음 고백을 했고, 기말고사에서 전교 1등을 했다. 그런 일들이 있었다.

스웨터를 마지막으로 입었던 날에는 이모의 집에 갔다. 이모는 내 뒤에서 이렇게 말했다.

"이제 어깨가 동그랗지 않네."

2차 성징을 거치면서 내 몸에도 어른스러운 각이 잡히고 있었다. 이모는 어린이의 태를 완연히 벗은 내게 아쉽다는 듯이 말했다. 아니. 이모는 나를 대견해하고 있었다. 겨울옷 서랍에 들어간 스웨터 위에 세월과 함께 다른 옷들이 쌓였다. 다시는 꺼내지 않았다.

스웨터가 있는 서랍을 다시 열었을 때 살구 냄새가 훅 끼쳤다. 깜짝 놀라서 서랍을 닫았다가 다시 열었다. 냄새는 흩어지고 없었다. 스웨터를 꺼내 코에 대고 다시 맡아 봤다. 묵은 섬유 냄새만 났다. 아예 얼굴을 파묻고 숨을 들이마셔 봤지만 마찬가지였다. 나는 스웨터가 내게 마지막으로 뭔가 말을 했다고 생각했다.

어떤 말이었을까? 궁리하며 걸었다. 밤이에게 들려주고 싶었다. 어쩌면 그 말은 내게 건네는 작별 인사이자, 밤이를 향한 첫인사일지도 모르니까. 밤이는 어디에 있을까. 오늘은 만날 수 있을까. 얘가 너에게 할 말이 있대. 스웨터를 쥔 오른손에 땀이 찼다.

밤이는 나타나지 않았다. 밤이의 집에 스웨터를 펼쳐 놓고 울었다. 눈물샘이 고장난 것처럼 눈물이 주룩주룩 흘렀다. 감정의 기복과 과잉은 내게 익숙한 일이었지만 터진 눈물이 멈추지 않는 건 생명의 위협을 느낄 정도로 불편했다. 호흡을 일정하게 유지하기 힘들고 머리가 어지러워서 익사하는 기분까지 들었다.

"야옹—."

꺽꺽대며 가슴을 누르고 있는데 등 뒤에서 고양이 울음소리가 들렸다. 밤이? 휙 돌아봤다. 눈앞에는 고양이 세 마리가 있었다. 한두 군데씩 다친 데가 있는 애들이었다. 그중에 밤이는 없었다. 고양이들과 나는 대치했다. 고양이들은 내게 밤이의 집을 빼앗은 애들이었고, 나는 고양이들에게 불청객이자 침입자였다.

"밤이는?"

목소리가 떨렸다. 그리고 차가웠다. 고양이들이 밤이를 어떻게 하기라도 했다는 것처럼. 고양이들이 한꺼번에 나를 향해 달려왔다. 한발 늦게 몸을 감싸며 주저앉았다. 고양이들은 나를 지나쳐서 집으로 들어갔다. 스웨터 위에 나란히 앉아서 나를 쳐다봤다. 안광을 뿜는 여섯 개의 눈을 마주 보았다. 엉덩이를 털고 일어섰다. 살이 없어 납작해진 엉덩이가 금방이라도 바스라질 것 같았다. 내 뼈들은 겨울 가뭄 속의 나뭇가지처럼 파삭파삭했다. 서글펐다. 고양이 중 한 마리가 할퀴고 간 무릎에서 불에 덴 듯한 통증이 느껴졌다. 얼굴에 말라붙은 눈물을 쓱 닦고 돌아섰다. 고양이들의 울음소리가 꼬리처럼 따라왔다.

10

무릎에 딱지가 앉고 그것이 떨어지기까지 2주가 흘렀다. 그동안 나는 공원에 가지 않았다. 그렇다고 운동을 쉰 건 아니었다. 줄넘기를 하고 계단을 오르내렸다. 하루에 3시간씩. 씹뱉도 계속했고 먹토도 간간이 했다.

그리고 처음으로 병원에 갔다. 거의 끌려간 것이나 다름없었다. 딱지가 떨어진 자리에 커터칼로 새 상처를 내던 중이었다. 아마 그랬던 것 같다. 내가 한 일이 맞으나 내 의지로 한 일이 아닌 느낌. 무릎에 송글송글 맺히는 핏방울도 내 것이 아닌 것 같았다. 그 장면을 엄마가 봐 버렸다. 문제는 거기에서 시작됐다. 엄마에게 들킨 것. 아무 일 없이 지나갈 수 있었는데…….

엄마는 비명을 지르며 나를 안았다. 숨이 막혔다. 무거웠다. 기운 없는데. 좀 떨어져 줘. 얼마 뒤에 나는 사설 구급차에 태워졌고 엄마는 내 손을 꼭 잡고 있었다. 손을 빼내고 싶었지만 그럴 힘이 없었다.

그날 3교시는 진로 수업이었다. 진로 전담 교사가 아니라 담임이 들어오는 창체 시간이었다. 담임은 각자 관심 있는 직업군에서 가장 가고 싶은 기업을 찾아보라고 말했다. 기업의 정보를 알아볼 수 있는 사이트 몇 개도 알려 주었다. 수업이 끝날 때까지 관심 기업 세 개를 조사해서 모둠 안에서 발표하고 보고서도 제출하라고 했다.

진로와 관심사.

정말이지 지겨운 말이었다. 고등학교에 입학할 때부터, 아니 그보다 어릴 적부터 들어서 마치 전생부터 알았던 것 같은 말. 그걸 못 정하면 인생이 망가진 애 취급을 받았다. 한때는 설렘과 우월감을 느끼게 하던 말이었으나 지금의 내게는……..

40분 정도 대충 딴짓을 하다가 삼성전자, 카카오, 현대차. 이렇게 적어서 낼 심산이었다. 아빠가 자주 말하던 회사들이었다. 다른 애들은 꽤 열심히들 했다. 하지만 전부 다 진지한 것은 아니어서 담임의 의도와는 다른 방향으로 열심인 애들도 있었다. 늘 그렇듯이 그런 애들의 말소리는 유독 잘 들렸다.

"야. 평점 개망한 데 찾았다. 1.7이래. 미친."

"헐. 그걸 회사라고 할 수 있냐?"

"응. 네가 다닐 회사야."

그러고는 자기들끼리 낄낄댔다. 저걸 농담이라고 하는 걸까? 남 깎아내리기가 취미인 애들. 지겹다. 지겨운 게 한두 개가 아니다. 엎드려 눈을 감았다. 머릿속에 옛날의 내가 했던 말들 몇 개가 스쳐 갔다. 나 스스로를 멋진 사람이라고 믿었던 시절에 습관처럼 하던 말들. 식도가 따끔거려서 엎드려 있기가 괴로웠다. 눈을 뜨고 똑바로 앉았다.

이모가 처음이자 마지막으로 다녔던 회사의 이름을 검색했다. 평점 1.3. 나는 그 회사를 활동지의 맨 위 칸에 적었다.

1.7이 회사가 아니라면, 1.3은 뭐 하는 곳일까. 이모는 거기에서 어떤 일을 겪었을까. 나는 아이들이 떠들어 대는 소리를 억지로 잘라 내며 잠을 청했다.

잠에서 깼을 때는 점심시간이었다. 교실에는 나 말고 아무도 없었다. 진로 활동지가 그대로 있었다. 아니. 그대로는 아니었다. 내가 자면서 흘린 침이 100원 동전 크기로 동그랗게 번져 있었다. 그리고 그 옆에 남자의 성기를 그린 낙서가 있었다. 그 위에 '죽었나ㅋㅋㅋ'라고 적혀 있었다. 한숨을 한 번 쉬고 종이를 잘게 찢어 창밖으로 던졌다.

조회대에 생활 트래핑 아이들이 모여 있는 게 보였다. 모이기로 한 날은 아닌데. 그 애들은 과자 한 봉지를 놓고 둘러앉아 있었다. 모였으면 트래핑이라도 할 것이지. 나도 말없이 가서 좀 앉았다 오게. 그렇게 생각했다. 낙서를 한 사람이 저 애들, 혹은 저 애들 중 하나가 아니란 법이 어디에 있나. 속이 쓰렸다. 오늘은 폭식을 해야지. 기름지고 매운 음식을 잔뜩 먹어야지.

종례 시간에 진로 활동지를 제출하라고 한 담임에게 나는 이렇게 말했다.

"먹었는데요."

미안했다. 옳지 않은 대답이라는 건 알았다. 평소의 내가 했을 반응도 아니었다. 하지만 나는 그렇게 말했다. 내게 더러운 농담을 한 애가 들었으면 했다.

교실 뒤편 어디에선가 수군대는 소리가 들렸다. 먹었다고? 그걸? 곧이어 누군가 키득거리고. 그 말 뒤에는 웃음을 틀어막는 소리도 따라왔다. 풉. 푸풉. 누구인지 찾기 위해 돌아보는 일은 하지 않았다. 생활 트래핑 애들 목소리는 아니었다. 일단 됐다. 그렇게 생각했다. 이유는 나도 설명할 수 없었다.

집에 가자마자 편의점에서 산 것들을 마시듯이 먹었다. 스트링 치즈 두 개를 올린 불닭 볶음면과 참치 마요 김밥, 연유 크림빵과 초코 우유, 감자칩과 카라멜 팝콘, 코카콜라 1.5리터와 쿨피스 1리터를 먹고 그사이에 도착한 간장 치킨까지 먹었다. 치킨이 반 마리쯤 남았을 때 배가 찢어질 것처럼 아파 왔다. 그래도 남기지 않고 다 밀어 넣은 다음에 물을 두 컵 마시고 화장실에 가서 토했다.

쓰러지듯 잠이 들었고 혼미한 정신으로 잠에서 깨어나 커터 칼로 무릎에 상처를 그렸다. 그때 나는 울고 있었나. 방에 들어온 엄마가 내 얼굴을 닦았던 걸 보면 확실히 울었던 것도 같고. 그럼 왜 울었지? 울고 싶지 않아서 그 모든 일을 했던 것 같은데. 보람이 없잖아. 병원에 가는 동안에 그런 생각을 했던 것도 같지만 확실하지 않았다. 내게 확실한 건 이제 아무것도 없다.

11

섭식 장애. 그 말 앞에서 엄마는 크게 흔들렸다. 몸에 칼을 댄 내 모습에 놀란 마음과 줄곧 안고 있던 걱정이 휘몰아쳐 나를 병원까지 데려다 놓기는 했으나, 설마 당신의 딸이 정신 의학적으로 구체적인 병명을 진단받게 되리라고는 생각지 못한 것이다. 게다가 장애라니. 엄마는 그 단어에 쉽게 얼어붙는 사람이다.

엄마는 의사에게 자꾸만 핑계를 늘어놓았다. 나의 과거에서 내 행동의 원인을 구해 내려고 했다. 이를테면, 유치원 때부터 3년 동안 발레를 배웠던 것, 초등학생 때 잠시 아이돌 가수를 꿈꿨던 것, 그리고 내가 외모에 민감할 사춘기 여자아이라는 것까지……. 내가 제발 그만하라고 하지 않았으면 엄마는 무슨 말이든 더 했을 것이다.

"그런 이야기는 지금 중요하지 않고요."

의사는 차분하고 단호하고 일정한 어조로 말했다. 중요한 건 치료입니다. 그리고 몇 초의 간격을 두고 또 말했다. 당장 시작하셔야 해요.

학교에 갈 마음도 기운도 생기지 않았다. 가족들에게 정체를 들켰다는 생각이 들자 될 대로 돼 버리라는 심정이었다.

나의 정체.

섭식 장애 환자. 먹는 것도 제대로 못하는 하급의 인간. 괴물. 머저리.

엄마도 내게 학교에 가라는 말을 하지 않았다. 아니 아예 말을 걸지 않았다. 그래서 엄마가 나를 포기했는가 하면 그렇지는 않았다. 엄마는 출근 전에 내 앞에 식사를 차려 놓고 갔다. 집에 혼자 남은 한낮이면 방문 앞을 지키고 있는 죽과 반찬을 음식물 처리기에 쏟아붓고 식기들을 깨끗이 씻어 놓았다. 내가 그 음식들을 먹지 않는다는 건 누구보다 엄마가 더 잘 알 것임을 알면서도 그랬다. 화를 내고 싶었던 걸까. 다름 아닌 엄마에게. 엄마 탓을 하고 싶었던 걸까.

혜영이 집에 찾아왔다. 내가 걱정이 됐다고 했다. 어째서? 알 수 없다. 앞으로도 물어보지 않을 것이다. 하지만 혜영이 나를 걱정한 일은 부정할 수 없는 사실이었다. 그 마음은 담임에게 우리 집 주소를 물어 찾아오는 행동까지 하게 만들었다.

공동 현관 앞에서 서성이던 혜영에게서 어떤 기운을 감지한 엄마가 말을 붙였고, 두 사람은 나에 대한 이야기를 나누었다. 그 대화 속에서의 나라는 사람이 얼마큼이나 진짜에 가까웠는지 알 수는 없으나 둘은 열심히 이야기를 나눴다. 엄마는 우리 집의 거실까지, 그러니까 내가 방문을 열면 만날 수 있는 곳까지 혜영을 데리고 왔다.

엄마의 마음도 이해는 갔다. 딸의 친구라고 자신을 소개하는 사람을 본 게 얼마 만인가. 그냥 보낼 수는 없었겠지. 친구 앞에서 마음의 벽을 허물고 무너져 내렸다가 다시 일어나는 딸의 모습을 보고 싶었으리라. 그것이야말로 이 상황을 타개할 최고의 방법. 어쩌면 최고의 치료. 안다. 그래서 화내지 않았다. 어차피 엄마가 바라는 일은 일어나지 않을 테니까. 그건 내가 해 줄 수 없는 일이니까.

그럼에도 나는 골몰했다. 혜영의 의도가 뭘까. 도대체 왜, 나를 걱정하는 거지? 우리가 어떤 사이이기에. 내가 너에게 무엇이기에.

방문을 걸어 잠근 채 묵묵부답으로 일관하는 나 때문에 멋쩍어진 엄마와 혜영이 어색하게 웃고 몇 마디 대화를 나누고 과일을 나누어 먹는 소리가 들리는 동안 나는 이모가 들려주었던 언젠가의 이야기를 떠올렸다.

그 이야기에는 이모 외에 두 명이 더 등장한다. 이모의 학창 시절에 유일, 아니 유이(二)한 친구들이었던 김진주와 김신주가 그들이었다.

진주와 신주는 이란성 쌍둥이였고 이모와는 중학교 2학년과 3학년을 같은 반에서 보냈다. 집에서 가장 가까운 인문계 고등학교로 가야 했던 이모와 달리 진주와 신주는 상업 고등학교에 진학했다. 고등학교를 다니는 동안 이모와 그들은 자연스레 멀어졌다. 이모는 두 사람과 수련회에서 함께 지오디의 '촛불 하나'를 부르는 영상을 보며 울기도 웃기도 했으나 진주와 신주가 이모를 그리워했는지는 알 수 없었다.

진주와 신주가 이모 앞에 다시 나타난 건 중학교를 졸업한 뒤 19년이 흐르고 나서였다. 고등학교를 마치고 각각 운수업체 경리와 증권사 콜센터 상담원으로 일하던 둘은 10년 동안 번 돈 전부와 대출받은 2억 원을 투자해 마카롱 가게를 열었다. 정확히 5년 뒤, 그들은 투자금의 절반을 빚으로 안은 채 가게를 닫았다. 그리고 이모를 찾아온 것이었다.

나는 그 이야기를 들으면서 진주와 신주가 이모에게 돈을 빌리러 왔을 것이라 예상했고 그렇다면 번지수를 잘못 짚었다고 생각했다. 이모는 가난했으니까. 그러나 내 예상과 달리 진주와 신주는 돈 얘기를 일절 꺼내지 않았다. 두 사람은 자신들이 겪은, 그리고 겪을 막막한 상황을 만담하듯이 이야기했다. 한참 그러다가 이모에게 선물을 잔뜩 안겨 주고 획 떠났다. 이모가 좋아하지 않는 독한 술과 이모가 다루기에 버거운 요리 도구들과 이모가 관심을 두지 않는 화장품이었다. 그리고 이모의 생활에 대해 살뜰히 묻고 갔다. 그 자리에서는 이모 역시 반가움과 밝은 분위기에 취해 연신 웃었다고 한다.

하지만 그들이 떠난 뒤 이모는 이상하다 싶을 정도로 자주, 그리고 갑작스레 울었다. 그러다 깨달았다는 것이다. 그들이 왜 자기를 찾아왔는지.

"세상에는 그런 사람들이 있다. 제 마음속의 파편들로 사방을 찔러야 속이 시원한 사람들이 있어."

나는 이모의 말을 곱씹었다. 나를 걱정했다는 혜영의 본심 이면의 진짜 본심을 상상하면서.

12

언제부턴가 내 주변에선 자꾸 문제가 생긴다. 피곤하고 짜증 나고 화를 부르는 일들이 나를 향해 달려든다. 그런데 과연 그럴까? 문제는 다가오지 않는다. 내가 손을 뻗어 문제들을 모은다. 그리고 또 생각한다. 결국은 내게 문제가 있다. 나는 사실 문제들을 사랑한다. 나는 문제 그 자체다.

혜영이 다녀간 건 금요일 밤. 나는 엄마와 아빠가 잠들었을 시간에 집 밖으로 나갔다. 폭식을 하고 싶어져서였다. 머릿속에 떠오른 음식들 중에 하나라도 놓칠까 봐 발걸음이 급했다. 다행인지 불행인지, 먹으려 했던 것들은 편의점에 빠짐없이 다 있었다. 내 체크 카드에 남아 있던 돈을 다 털어 음식값을 지불했다. 한 손으로 들기에 무거울 정도의 음식을 가지고 자리 잡은 곳은 놀이터 미끄럼틀 아래였다. 사람들이 돌아다닐 시간은 아니었지만 혹시라도 누가 볼까 봐 몸을 감추고 싶었다.

숨을 죽이고 먹기 시작했다. 그리고 그 사람이 나타났다. 나이가 좀 들어 보이는 남자. 작은 배낭을 내려놓고 벤치 그네에 앉은 그의 멍한 옆얼굴을 슬쩍 보았다. 살아온 삶의 실제 시간보다 몇 곱절의 부침을 겪은 사람 같았다. 어쩌면 그저 고된 하루를 마치고 돌아온, 술을 조금 마신, 내일 아침이면 저 쓸쓸

함을 양분 삼아 새로운 하루를 시작할 사람일지도 몰랐다. 그러나 내 눈에 그는 불행을 거듭제곱으로 체험한 사람처럼 보였다. 나와 비슷한 부류의 사람. 모르는 사람에게 투영되는 나의 슬픔은 그에게 측은한 마음을 갖게 했다. 우스운 일이었다. 내가 대체 누구를 동정하나.

얼마지 않아, 나는 그에게 가졌던 모든 마음들을 후회했다. 잠시나마 그와 동병상련을 느끼려 했던 내 뺨이라도 후려치고 싶었다. 시간은 새벽 2시를 향해 가고 있었다. 그는 금세 자리를 떴고 나는 다시 놀이터에 홀로 남았다. 온 세상이 깊은 잠에 빠진 시간. 무심코 긴 한숨을 내쉬었다. 그리고 음식들을 다시 먹었다.

"왜 그렇게 한숨을 쉬어요?"

아주 가까이에서 들리는 목소리. 소리의 위치는 나의 등 뒤. 가슴이 덜컥 내려앉을 정도의 거리. 목소리는 낮고 축축했다. 팔다리에 소름이 돋았다. 숨소리를 안정적으로 내려 노력했다. 당황한 티를 내서는 안 될 것 같았다. 이내 그가 내 옆으로 얼굴을 들이밀었다. 아까 본 그 사람이 맞았다. 그는 내 의사는 묻지도 않고 나와 마주 앉았다.

"외롭습니까?"

그가 보고 있는 건 어지러이 널린 음식들이었다. 과자. 냉동식품. 탄산음료.

"우리 서로 안아 줍시다."

만두를 하나 집어 먹으며 그가 말했다. 토할 것 같았다. 그의 목소리도. 그에게서 나는 낯선 화장품 냄새도. 어떡하지? 어떻게 해야 해? 그리고 또다시, 이모와 있었던 일이 생각났다.

내가 열한 살 때의 일이다. 외할아버지의 칠순 잔칫날. 모두가 내게 노래를 요구했다. 춤도 춰 보라고 했다. 눈앞에 오만 원짜리 지폐를 흔들던 사람도 있었다. 소고기를 집어 먹던 중에 취미가 뭐냐는 질문을 받았고 노래 듣는 것을 좋아한다고 대충 대답했을 뿐이었다. 그게 이유가 되어서 스무 명이 넘는 어른들―그중에는 아예 낯선 사람도 있었다―앞에서 노래를 강요받게 될 줄 알았다면 더 신중히 대답했을 것이다. 후회가 됐다. 내 자신이 원망스러웠다. 독서나 그림 그리기처럼 뻔한 대답이나 할 것을. 하지만 일은 벌어졌고 나는 벌게진 얼굴로 바닥만 쳐다봤다.

그때 나를 구해 준 사람이 이모였다. 이모는 나를 설득해 보겠다고 다른 어른들에게 말한 뒤 내게 다가왔다. 그리고 내 귀에 대고 말했다.

"싫다고 해. 하기 싫어요. 이렇게 말해. 그리고 나가 버려. 뒷일은 내가 책임질게."

나는 이모가 시키는 대로 했다. 노래를 하지 않아도 되었다. 아무 일도 일어나지 않았다. 적어도 내게는 그랬다.

눈앞의 남자에게 해야 할 말을 했다. 이모가 속삭이던 말을 따라 하는 느낌으로.

"꺼지세요."

말하고서야 걱정이 됐다. 뒷일을 부탁할 사람이 여기엔 없는데. 남자의 표정은 싸늘해졌다. 구부정한 자세로 몸을 일으켰고 그대로 나를 내려다보았다. 그늘이 져서 그의 눈빛을 제대로 읽을 수 없었다. 위험하다. 위험해요. 도와주세요.

"거기 뭐예요!"

문득 머릿속에 이모 고마워, 이런 말이 떠올랐다. 나를 도우러 온 건 이모가 아니었지만. 순찰 중이던 경비원이 나타난 것이었고, 남자는 휘청거리면서도 아주 빠른 걸음으로 시야에서 사라졌다. 나는 경비원에게 자초지종을 설명하지 못했다. 일단 내가 왜 거기에서 음식을 먹고 있었는지 설명하는 것부터가 불가능에 가까웠다. 경비원은 나 대신에 음식들을 봉투에 차곡차곡 담았고 나를 집까지 데려다주었다.

아침이 되자 엄마는 내게 많은 것을 물었다. 나는 입을 꾹 닫았다. 남자와의 일도 굳이 말하지 않았다. 그게 현실에서 일어난 일이 맞는지 확신도 들지 않았을뿐더러 말한다고 달라지는 것도 없을 것 같았다.

며칠 사이에 여름이 바짝 다가왔음이 느껴졌다. 뭘 좀 먹자는 엄마의 말은 가야 할 곳이 있다는 대답으로 막았다.

13

 엄마와 아파트 정문에서 헤어졌다. 같이 가겠다는 엄마에게 짜증을 냈다. 엄마는 더 이상 말하지 않았다. 한 걸음 두 걸음 멀어지는 내 뒷모습을 엄마가 보고 있다는 걸 알았다. 엄마에게 미안했다.
 늘 이런 식이다. 언제나. 이럴 것이다. 영원히.

 찔레 공원까지 가는 길이 유독 멀게 느껴졌던 건 날씨 탓이었을까. 기분 탓이었을까. 며칠 집에 틀어박혀 있는 동안 몸 상태는 더 나빠졌다. 무릎부터 발끝까지 안 좋은 무언가가 고여 있는 것처럼 발걸음이 무거웠다. 목 아래로 끈적한 땀이 고이고, 가쁘게 뱉는 숨에서 기분 나쁜 냄새가 났다.
 나라는 사람은 이제 불쾌라는 영역에서 뚜렷한 분기점을 넘어서 버린 게 아닐까. 아무도 나를 좋아하지 않게 될 거라는 공포가 확정된 미래처럼 여겨졌다.

 공원에는 찔레 대신 장미가 만개해 있었다. 장미 덩굴로 뒤덮인 아치형 터널도 보였다. 아주머니 네 분이 터널 입구에서 돌아가며 사진을 찍었다. 나도 모르게 잠시 멈춰서 그 모습을 봤다. 아주머니 한 분이 휴대 전화를 흔들며 다가왔다.
 "학생. 우리 다 같이 좀 찍어 줘요."

미처 답을 하기도 전에 내 손에는 전화기가 들렸다. 유행이 지난 사진 어플이 켜져 있었다. 아주머니들의 얼굴과 장미가 과하게 빛을 받은 것처럼 부옇게 번져 보였다. 나는 말없이 기본 어플로 바꿨다. 찍을게요. 하나, 둘, 셋. 마음속으로 말하고 셔터를 여러 번 눌렀다. 찰칵 소리가 연달아 났다.
"어머나. 말도 없이 찍네."
그 말이 재밌는지 아주머니들은 함박웃음을 지었다. 사진이 잘 나왔는지는 알 수 없었다. 전화기를 돌려주고 약과 세 개를 받았다. 메스꺼움이 밀려와 도망치듯이 걸음을 옮겼다. 사진을 찍어 달라 했던 아주머니가 학생, 학생, 불렀지만 뒤돌아보지 않았다. 다행히 아무도 따라오지 않았다.

위액을 조금 토하고 밤이의 집에 찾아갔다. 거기엔 아무것도 없었다. 제초 작업을 했는지 주변의 잡풀들이 다 정리되어 있었고 밤이 집이 있던 자리도 깨끗했다. 당연히 스웨터도 찾을 수 없게 되었다. 밤이가 먼저, 그다음엔 나를 공격했던 고양이들이 떠올랐다. 밤이와의 시간이 완전히 끝났다고. 세상이 말해 주는 듯했다. 밤이는 이번 생을 어디에서 어떻게 마칠까.
아니. 어쩌면 벌써……?
또 눈물이 주르륵 흘렀다. 다음 생에도 나를 찾아와 줄까. 그건 너무 확률이 낮은 일이었다.

돌아서서 공원을 나오는 길에 내 앞에 무언가가 큰 소리를 내며 떨어졌다. 그것은 땅에 부딪힌 다음 크게 튀어 올랐다가 울타리에 부딪힌 뒤에 내 앞으로 왔다. 야구공이었다.

시간은 오후 3시. 주말 낮 경기를 하고 있는 모양이었다. 발앞에 놓인 야구공을 발바닥으로 굴려 봤다. 홈런 볼일까, 파울 볼일까. 공을 집어 들고 바닥을 향해 떨어뜨린 다음 발을 내밀었다. 야구공은 내 발등에 부딪힌 뒤 배수로 쪽으로 데굴데굴 굴러갔다. 슬리퍼에 발목 양말만 신고 있었던 터라 발등이 아팠다. 트래핑을 하던 혜영과 다해와 정연의 발이 눈앞에 선명하게 보이는 것 같았다. 그 발을 제대로 본 적은 없지만.

14

월요일이 되었다. 학교에 갔다. 홈 베이스의 뽑기 상자는 그대로 있었다. 하나 뽑아 볼까? 그러지 않았다. 나는 더 복잡해졌다. 이제 7분의 1 정도의 확률로는 나의 상태를, 마음을, 오늘을 설명할 수 없었다.

혜영이 나에게 무슨 말을 할지, 나를 어떻게 대할지 궁금하기도 하였으나 티 내지 않았다. 혜영은 점심시간이 되어서야 내게 왔다.

"오늘 소모임 있는 날인 거 알지?"

나는 생활 트래핑 아이들을 따라서 조회대에 갔다. 앉아서 구경만 했다. 그래도 똑바로 보려고 노력했다. 아이들은 정육면체로 접은 우유 갑을 던지고 받았다. 그새 다해와 정연의 실력이 좋아진 게 보였다. 내 앞으로 떨어지던 야구공을 생각했다. 그런 것도 받을 수 있을까? 연습을 하면? 거듭 생각해도 발등, 발톱, 정강이, 무릎이 박살 나는 장면만 그려졌다. 얼마 안 있어 예비종이 쳤다.

생활 트래핑 아이들과 먼발치를 두고, 하지만 시야에서 놓치지는 않고 교실로 돌아갔다. 계단을 오르다가 도서실 앞 복도에 게시된 '오늘의 한 줄'을 보았다.
여름에도 잠을 자야 한다.○
나는 그 문장에 잠시 붙들렸다. 내게도 들리지 않을 만큼 작은 목소리로 읽어도 봤다. 수업 시작종이 울렸다.
이모에게 연락을 해야지.
그런 생각이 들었다. 영원히 하지 않을 것 같았던 생각을 막상 하고 나니 영원을 살아 본 듯한 기분이었다. 검은 돌이 두 개골을 타고 머리의 왼쪽에서 오른쪽으로 데구르르 굴러가는 느낌. 특별히 기분이 좋았다는 건, 물론 아니다.

○ 박준 「여름에 부르는 이름」, 『당신의 이름을 지어다가 며칠은 먹었다』, 문학동네 2012.

2부

숲 속의 빛

1

 돌 하나를 갖고 싶었다. 완벽한 형태의 검은 돌을.

 그 돌은, 반지름 1센티미터의 완전한 원이어야 했다. 두껍게 떼어 낸 수제비 정도의 두께여야 했고, 흐르는 물속에서 마모된 듯 반질반질해야 했다.

 그리고 무엇보다,

 나의 말을 모두 기억해 줘야 했다. 그게 어떤 말이든, 그 말들을 어디에도 흘리지 않아야 했다. 과묵하고 묵직할 것. 손에 쥐고 있으면 마음이 차분해질 것. 그만큼이나 단단하고 짱짱할 것.

 그 돌은,

 세상에 존재할 리 없는 돌. 만에 하나 있다 해도 내 눈에는 보이지 않을 돌이었다.

2

이모와의 약속을 하루 앞둔 날에 생활 트래핑 아이들과 다투었다.

드디어.

냉랭한 분위기 속에서 생각했다. 드디어 올 것이 왔다고. 오래 버텼지 뭐.

따지자면 다해와 나 사이의 문제였다. 혜영과 정연은 곤란해하며 옆에 서 있었다. 하지만 나는 그 상황을 세 사람과 나, 3대 1의 싸움으로 이해했다. 혜영과 정연이 나를 탓하거나 비난한 것은 아니었지만, 사실 그 어떤 말도 보태지 않았지만, 나는 알았다. 이런 상황이 벌어지면 혼자가 되는 건 나라는 것을. 하지 않은 일, 뱉지 않은 말까지 다 내 몫이 된다는 것을. 새롭지도 두렵지도 않았다. 그냥 시간이 빨리 흐르기만을 바랄 뿐이었다.

욕을 하고 내 탓을 해라. 그래도 기분이 풀리지 않으면 나만 남겨 두고 가. 내가 얼마나 이상하고 나쁜 애인지 여기저기 실컷 말하고 다니렴. 서로의 어깨를 감싸고 등을 토닥이면서 나를 욕해. 너희는 그렇게 기분을 풀면 돼. 나는 이제 좀 혼자 있고 싶다.

하지만 셋은 그러지 않았다. 다해의 눈동자에 외로움과 슬픔이 차올랐다. 다른 사람의 눈빛을 읽어 본 게 언제였더라. 예쁜 눈을 가졌구나. 우습게도 그런 생각을 했다. 다해의 눈에서 눈물 한 방울이 도르르 흘러내렸다.

"우리는 너 좋아해."

무슨 말을 해야 했을까. 머리가 하얘졌다. 현실에서 들은 말 같지가 않았다. 볼이라도 꼬집어 봐야 하나. 그러나 그럴 분위기는 아니었다. 내가 먼저 자리를 피했다. 도망치듯이. 호의를 감당하는 일이 버거웠다. 혼자가 되었지만 남겨진 사람이 아니었다는 게, 내가 누군가를 두고 돌아섰다는 게 어색했다. 솔직히 조금 기뻤고.

다툰 이유는 학교 축제 준비 때문이었다. 우리 반에는 일곱 개의 부스가 배정되었다고 했다. 나는 그냥 가만히 있었다. 다른 아이들은 이리저리 움직이고 뭉쳤다 흩어지며 꽤나 빠르게 팀을 구성했다. 담임의 시선이 초조와 걱정 사이를 넘나들며 내게 닿았다 멀어지고 다시 돌아왔다.

시간이 조금 흐르자 교실이 자연스레 조용해졌다. 결국에는 나를 떠맡아야 하는 모둠이 나와야 하는 분위기가 되었다.

"연주랑 같이할 모둠······."

선생님이 조금 힘겹게, 하지만 티 내지 않으려 노력하며 운을 띄웠다. 다른 목소리가 불쑥 끼어든 건 선생님의 말이 채 끝나기도 전이었다. 다해가 손을 번쩍 들었다. 선생님의 표정이 밝아졌다.

"저희요. 저희가 연주랑 할게요. 하고 싶어요."

혜영과 정연이 고개를 끄덕이며 작게 손뼉을 쳤다. 다른 애들은 어리둥절해했다.

그래서 싸운 이유는, 내가 그 아이들을 원하지 않았기 때문이다. 어차피 아무것도 안 해서 폐를 끼치게 될 거라면, 다른 애들에게 그러고 싶었다. 혜영과 다해와 정연이 나 때문에 고생만 하고 보람은 없고, 그래서 내가 미안해지고, 그런데 미안하다는 말은 못해서 나쁜 사람이 되고, 죄책감에서 달아나려다 폭식에 도착하는……. 패턴을 반복하고 싶지 않았다.

그런 내 사정을 그 아이들에게 말하는 게 가능했을까? 내가 이해받을 수 있다는 기대를 놓아 버린 지 오래였다. 그래서 나는 나에 관해 아무것도 말하지 않았고 오해는 오해로 남겨 두는 게 차라리 편했다. 다해는 그 틈을 열어 보려고 했던 걸까? 나는 깜짝 놀란 조개처럼 입을 닫았다.

"나는 너희가 싫어."

그렇게 말해서 다해를 울렸다. 뒤돌아서 집에 온 다음에 배가 찢어져라 음식들을 밀어 넣었다.

3

이모와 만나기로 한 장소는 다름산이었다. 6월 셋째 주 수요일이었다. 학교에 가지 않았다. 엄마는 알고, 담임은 몰라서 무단결석이 될 예정이었다. 아프다고 거짓말이라도 할까? 생각을 안 해 본 건 아니었으나 내키지 않았다. 학교 따위……. 그런 마음이었다.

1교시가 시작될 즈음 담임에게서 전화가 왔다. 발신자를 확인하기 전에는 혜영과 다해와 정연의 얼굴이 떠올랐다. 어째서였을까. 나도 모르겠다. 어차피 그 아이들은 내 번호도 모를 텐데. 그렇다고 내가 실망했다는 건 아니다.

원래의 결심대로라면 전화를 받지 않았어야 했는데 손은 저절로 움직여 순순히 통화 버튼을 눌렀다.

"여보세요?"

"지금 어디니?"

"……?"

"아직 집이야? 어디 아프니?"

"……네. 생리통요."

거짓말이 술술.

"그럼 미리 연락하지 그랬어."

"…….."

"어머님이랑 통화한다?"

"네."

"그래. 푹 쉬고 내일 보자."

담임의 목소리는 다정했지만 금세 허공에 흩어졌다. 이마를 짚은 채 잠시 서 있었다. 마지막 생리가 언제였더라. 기억도 잘 나지 않았다. 엄마는 내 거짓말에 요령껏 박자를 맞춰 줄 것이다. 오늘 출석부에는 인정결석으로 기록될 것이고, 나는 아파서 학교를 하루 쉬는 학생, 그리하여 문제없는 학생이 되어 하루가 지나갈 뿐이다.

그것은 사실에 가깝다. 겉으로는 아무 문제도 일어나지 않았다. 하지만 기분이 나빴다. 찝찝했다. 짜증 났다. 화가 치밀었다. 전화를 받는 게 아니었어. 무단결석할걸. 하고 싶었는데. 했어야 했는데. 하지만 시간을 거스른다 해도 나는 통화 버튼을 누르겠지.

이모에게선 연락이 없었다.

버스 정류장에서 내려 주차장으로 향했다. 몇 걸음 걷기도 전에 등줄기에 땀이 줄줄 흘렀다. 이모는 콜택시를 타고 올 거라 했다. 주차장에는 관광버스 한 대와 승용차 몇 대만 서 있었다. 그늘 한 조각 없는 야외 주차장에서 이모를 기다렸다. 아스팔트의 열기에 머리가 어지러웠다. 이모는 30분 전에 '지금 출발'이라는 메시지만 보내 놓고 '나 도착했어'라는 내 메시지는 읽지 않았다. 전화를 해 볼까. 그러기 싫었다. 이럴 거면 왜 나온다고 했어. 머릿속의 불만이 구체적인 말로 바뀌어 갈 쯤, 이모에게서 메시지가 왔다.

— 내렸어.

주위를 둘러보았다. 이모가 타고 왔을 만한 택시는 보이지 않았다. 메시지를 다시 읽느라 고개를 숙였더니 열이 확 오르면서 머리가 멍해졌다. 뭐라고 답을 하지? 그 사이 이모의 다음 메시지가 도착했다.

— 캠핑장이야.

시간은 10시 정각. 우리가 정한 약속 시간에서 한 치의 오차도 없었다. 이모와 나눈 대화 내용을 아무리 거슬러 올라가 봐도 주차장에서 만나자고 한 내용을 찾을 수가 없었다. 본 것 같은데. 분명히 봤는데. 그렇다고 캠핑장에서 만나기로 한 적도 없어서 우리가 엇갈린 일은 누구의 탓도 아니었다. 늘 이런 식이지. 기온은 이미 30도를 뚫고 올라가는 중이었다. 피하고 피했던 생각 하나가 머릿속에서 문장이 되었다.

나는 이 만남을 후회해.

4

외할머니는 두 딸의 태몽을 한꺼번에 꿨다고 한다.

무더운 여름 한낮, 냇가에 앉아 목덜미를 씻고 있던 할머니 앞으로 빨간 자두 두 알이 동동 떠내려온다. 할머니는 두 손을 뻗어 자두를 건져 내고 치마에 슥슥 문지른 다음 왼손에 든 것부터 먹는다. 놀랍도록 달콤한 맛. 기분이 한껏 들뜬 할머니는 오른손에 든 두 번째 자두도 텁, 깨문다. 그 자두는 경을 칠 정도로 신맛이다. 할머니는 자두를 놓쳤고 그 순간 잠에서 번쩍 깼다.

"내가 그놈을 꾹 참고 다 먹었어야 했는데."
 할머니는 늘 그렇게 말을 맺었다. 그다음에는 땅이 꺼져라 한숨을 쉬었다. 엄마도 이모도 그 이야기를 좋아하지 않았다. 당장 나조차도 여러 번 들어서 외울 지경이었으니 두 사람이야 오죽했을까. 하지만 주기적으로 그 이야기를 하는, 해야 하는, 할 수밖에 없는 할머니의 심정을 모른 체할 수 없었던 엄마와 이모는 묵묵히 견디는 쪽을 선택했다. 엄마는 미간을 찌푸리며 눈을 감았다. 이모는 한숨을 꿀꺽 삼키며 고개를 숙였고. 그럴지언정 두 사람은 할머니의 말을 끝까지 들었다. 그 세월이 어언 40년. 할머니의 40년도, 이모와 엄마의 40년도 알 길이 없던 나는 무거워진 공기에 고개를 숙이고 있을 뿐이었다.
 그리고 나와 함께 그 분위기를 견디고 있던 사람이, 제삼자에 가까운 입장으로 앉아 있던 사람이 한 명 더 있었다. 외할아버지였다.
 반응이 돌아오지 않는 이야기를 마치면 할머니는 할아버지를 타박했다. 왜 그랬을까. 할아버지는 아내와 딸들과 손녀 뒤에 있었다. 정물화의 흐린 배경처럼 있는 듯 없는 듯 앉아 볶은 콩이나 호박씨를 까 드셨다. 할 수 있는 말이 없었던 걸까. 할아버지는 할머니의 말이 멎으면 조용히 일어나 방으로 갔다. 누가 봐도 도망가는 사람의 모습이었다.

 그것이 내게 가장 익숙한 외가의 풍경이었다. 그렇다 보니 엄마는 나의 태몽을 알려 주지 않았다. 아닌 척했지만 가끔은 정말 궁금했다. 진짜 없는 것 같진 않아서 더 궁금했다. 그래서 어떤 날에는 할머니의 이야기가 너무 싫었다. 싫어지고 싫어지다 할머니가 슬쩍 미워지기도 했다. 마음이 그렇게 흐르면 얼굴도 마음도 붉어졌다. 그럴 때에 나는 이모와 많이 닮아 보였다. 그 사실은 한때의 내게 자부심이자 기쁨이자 위안이었다.
 그러니까 어디까지나 한때.
 이제는 완전히 옛날이 되어 버린 일.

 주차장에서 캠핑장까지의 거리는 1.5킬로미터였다. 표지판에 그렇게 써 있었다. 물론 믿지 않았다. 산에 있는 표지판에 적힌 숫자들은 체감상 두 배 정도라고 생각해야 정확하다는 말을 들은 적 있기 때문이다. 나는 그 말에 크게 공감하며 웃었다. 그 말을 한 사람은 이모였다. 이모는 혼잣말로, 내 경우엔 곱하기 3은 해야 하려나, 말했다. 나는 더 이상 웃지 못했다. 이모 입장에서는 웃으라고 던진 농담이었겠지만, 차마 웃을 수 없었다.

 이모에게 주차장까지 오라고 할 수는 없었다. 내가 캠핑장으로 가야 했다. 나의 기력이나 체력으로 누군가를 배려한다는 것이 우스운 일이었지만, 이모에게 이동은 내가 겪는 어려움과는 차원이 다른 일이었다. 이모에게 혼자서 수행해야 하는 이동이란 예측 불허의 난관을 돌파해야 하는 일이자 때로는 안전과 생명을 담보로 해야 하는 과업이었다.

 이모는 휠체어를 탄 장애인이다. 정도가 심한 지체 장애와 정도가 심하지 않은 청각 장애를 동시에 가진. 그러므로 나는 이모가 행정 구역이 다른 장소에 나를 만나러 오기 위해 선착순으로 예약해야 하는 장애인 콜택시를 잡고, 그러기 위해서 약속 하루 전날에는 몹시도 이른 아침에 일어나야 했으리라는 걸 알았다. 배차 시간에 늦지 않으려고 새벽에 일어나 준비를 했을 거라는 것 역시 모르지 않았다. 하지만 몸도 마음도 삐딱하게 기울어진 나는 그 기울기에 비례하게 이모에게 밉살스레 굴고 싶었다.

 이를 꽉 물고 씩씩대며 표지판의 화살표가 가리키는 대로 걸음을 디뎠다. 눈앞에 개미 떼가 새까맣게 모여 있는 게 보였다. 자세히 보니 자두 씨앗을 옮기는 중이었다. 저건 달콤한 자두일까, 시큼한 자두일까. 그 생각이 얼마나 징그러운지를 깨닫고 다리를 길게 뻗어 개미 행렬을 뛰어넘었다.

얕은 경사가 계속 이어지는 길이었다. 부지런히 걸어도 30분 가까이 걸렸다. 이모는 내게 세 개의 메시지를 보냈고 두 통의 전화를 걸었다. 그사이에 모르는 번호로 걸려 온 전화가 한 통 더 있었다. 같은 번호로 들어온 메시지도 있었다. 혜영이 보낸 것이었다. 모조리 무시한 채 땅만 보고 걸었다.

이모는 지붕이 있는 야외 바비큐장에서 기다리고 있었다. 아니, 기다린다기보다는 그냥 풀숲을 보고 있었다. 그러려고 온 사람처럼. 무척이나 태연해 보였다. 메시지도 전화도 단지 걱정하는 시늉이었을 뿐이었나. 이모에게 가까이 가서 어깨를 툭툭 쳤다. 이모는 전동 휠체어를 조작해서 앞으로 한 번 밀었다가 왼쪽 대각선 방향으로 길게 물러났다. 비로소 우리는 마주 봤다. 무표정한 두 얼굴이 서로를 보기만 했다. 몇 초간의 정적. 하지만 소원하게 지냈던 시간들이 그 틈으로 다 밀려 들어온 듯이 길고 무거운 몇 초. 먼저 입을 뗀 건 이모였다.

"왜 불렀니?"

3년 만에 하는 인사. 발음이 또렷하진 않지만 목소리만큼은 단단한. 너무나 이모의 것인 말. 화가 나면서도 반갑기도 해서 별안간 울어 버렸다. 정말 한결같다. 이모는 내가 울음을 그칠 때까지 꼼짝 않고 있었다.

5

왜 불렀느냐고?

글쎄. 이모. 나도 잘 모르겠는데. 이모에게 연락해야겠다고 생각한 건 뚜렷한 이유가 있어서는 아니었으니까. 그냥 했지, 뭐. 정도면 적당한 대답이 될까. 하지만 그렇게 무마하기에 나와 이모의 사이는 멀었다. 굳이 파헤쳐서 정체와 근원을 찾는다면 아마도 진주와 신주가 이모를 찾아갔던 마음과 닮아 있지 않을까. 그리하여 혜영이 나를 찾아왔던 마음과도 비슷하지 않을까.

우리가 끊어져 있던 사이에 나는 참 많은 걸 잃어버렸어.

이모는 어때?

그런 말을 하고 싶었던 게 아닐까. 나보다 더 힘든 이모를 보고 싶었을 수도 있다. 망가진 내 모습을 보여 주고 싶었을 수도 있다. 둘 다였을 수도 있다.

이모의 현재에 대해 나름의 짐작을 한 데는 이유가 있었다. 이모는 혼자 살았고 그건 이모에게 아주 힘든 일이기 때문이다. 팬데믹을 지나는 동안 이모의 삶은 더 어려워졌을 거였다.

코로나 바이러스의 확산과 동시에 외부와의 교류를 차단했던 이모는 사람들이 혼란과 공포에 조금씩 적응해 가던 즈음에도 집 밖으로 나오지 않았다. 줄곧 불안한 모양이라고. 걱정이 가라앉지 않는 것 같다고. 이모를 찾아갔다가 마스크는커녕 신발도 벗지 못하고 현관에서 돌아온 엄마의 이야기는 내게 충격이었다. 이모가 감각하는 세상이 나와는 참 많이 다르다는 걸 새삼 느꼈다. 그러나 내색은 하지 않았다.

이젠 나와 상관없는 일이라고 생각했다. 확진자가 급증하면서 물리 치료실까지 문을 닫던 때에도 나의 방문만큼은 막지 않았던 이모의 마음을 그제야 알았지만, 이모에 대한 살가운 말은 엄마에게도 하고 싶지 않았다. 이모도 싫고 나도 싫었다.

이모의 작은 집은 한 시절 나의 아지트이기도 했지만, 이모의 독립 과정은 그리 유쾌하지 못했다. 이모는 집을 나오면서 할머니, 그리고 할아버지와 절연했다. 할아버지는 이모를 찾아간 적이 없었다. 할머니는 수차례 문전박대를 당했다. 이모는 할머니에게 단 한 번도 미안하다고 말하지 않았다. 그 일은 내가 이모의 집에 있을 때도 일어났다. 그럴 때의 이모는 가장 차갑고 낯선 이모여서 나는 입을 꾹 다물고 숨도 낮게 쉬었다.

쿵쿵, 울리는 문을 가만히 쳐다보고 있는 이모를. 윤재야, 할머니의 목소리에 손을 가늘게 떠는 이모를. 이모의 집에 깔린 고요를. 내가 흔들어서는 안 될 것 같았다. 그러면서도 생각했다. 좀 너무하지 않은가. 거의 모든 순간에 할아버지보다는 할머니, 할머니보다는 이모의 편에 서 왔던 나로서도 그 일에서만큼은 이모가 이상해 보였다. 내가 다 서운했다. 나는 이모가 생떼를 부리고 있다고 생각했다.

6

　외가 쪽의 모든 사람들이 이모를 저마다의 방식으로 어려워했다. 결과적으로는 나도 그렇게 되었다. 그래도 이모와 내가 좋은 사이였던, 가족 중에서 이모를 편하게 대하는 유일한 사람이 나였던 때도 있었다.

　어릴 적 내가 가장 좋아했던 장난감은 이모의 전동 휠체어였다. 외가에 갈 때면 그렇게도 이모만 찾았다고 한다. 할머니는 '저거 저거, 할미는 본 체도 않고…….' 혀를 찼다. 그러거나 말거나 나는 마냥 이모에게만 매달렸다는 것이다. 이모는 집에서는 팔로 몸을 지탱하고서 바닥을 쓸며 다녔는데, 내가 갈 때면 미리 휠체어에 앉아 있었다. 나는 이모의 발과 다리에 손과 얼굴을 문대며 태워 줘, 태워 줘요, 했다. 이모는 그때에도 지극히 이모다운 모습으로 휠체어 팔걸이에 턱을 괴고서 '태워 주면 뭐 해 줄 건데?' 따위의 말을 했다. 내가 뽀뽀를 해 주겠다고 하면 '그런 거 말고 돈을 내라.' 같은 대꾸를 하면서. 그러면서도 안 태워 준 적은 없었다. 그리고 내게 생색이나 그 비슷한 건 단 한 번도 내지 않았고.

차갑고 무겁고 단단한 전동 휠체어 때문이었을까. 자그맣던 내게 세상에서 가장 힘이 센 사람은 이모였다. 그 믿음이 깨진 건 일곱 살 여름이었다. 유치원 버스에서 내려 보니 이모가 마중을 나와 있었다. 엄마에게 급한 일이 생겨 대신 데리러 왔다고 했다. 엄마는 잘 허락하지 않는 아이스크림을 이모는 선선히 사 주었다. 이 잘 닦으라는 잔소리도 하지 않았다. 나는 기분이 한껏 좋아졌고 이모에게 이렇게 말했다.

"이모는 좋겠다."

"뭐가?"

"안 걸어도 되니까. 휠체어가 이모 태워 주니까."

이모는 휠체어의 속도를 높여 앞으로 주욱 달려갔다. 낮 시간이어서 널널하던 주차장 한가운데에서 이모는 한 바퀴를 빙 돌았다. 와, 짱 멋있어. 박수를 치다가 내 몫의 아이스크림을 놓쳤지만 전혀 아깝지 않았다. 이모는 예의 침착한 얼굴을 하고 내 곁으로 와서 먹던 아이스크림을 내게 주었다.

날아갈 것 같던 기분은 금세 가라앉았다. 아파트 공용 현관 앞에서 이모와 나는 잠시 멈춰야 했다. 휠체어가 다닐 수 있는 통로에 페인트를 새로 칠해 놓는 바람에 출입할 수가 없었다. 짧고 가는 내 다리로도 오를 수 있는 계단 세 칸을, 이모는 오를 수 없었다. 내게 등을 돌리고 엄마와 메시지를 주고받는 동안 이모는 화가 난 것처럼 보였다.

잠시 뒤 이모는 앞으로 두 시간 동안 내가 집에서 뭘 먹고 어디에 있으면 되는지, 엄마의 말을 전했다. 그리고 만 원 한 장을 쥐어 줬다. 나는 이모가 왜 우리 집에 같이 갈 수 없었는지 생각했다. 엄마가 먹으라고 한 건 손도 대지 않고 소파에 우두커니 앉아 있었다. 오른쪽 대각선 방향으로 크게 휘어진 이모의 척추가 자꾸 아른거렸다. 버스를 두 번 갈아타야 하는 길을 이모가 잘 갔을지, 애초에 여기까지 어떻게 왔을지 곱씹었다. 태어나서 처음으로 이모의 뒷모습을 제대로 본 날이었다.

7

 사람들은 잘 모르지만, 심지어 할머니와 할아버지도 그리고 엄마까지도 자주 잊는 사실 하나. 이모는 눈치가 귀신이다. 쟤는 어떻게 저런 걸 다 알까? 종종 그렇게 말할 때의 할머니는 성인으로서의 이모를 인정하기보다는 똘똘한 어린아이를 기특해하는 느낌이었다. 말 자체만 놓고 보면 틀린 건 아니었다. 이모는 눈썰미도 좋고 판단도 빠른 편이었다. 가끔은 내가 여러 겹 감싸 놓은 마음들도 꿰뚫어 보았다. 그럴 때면 이모 앞에서 허물어지듯 속내를 털어놓게 됐다. 한참을 떠들고 나면 마음이 편해지는 종류의 이야기들이 그 당시의 내가 가진 비밀이어서 이모에게 뭔가 들켰다 싶으면 오히려 마음이 설렜다.
 그러니 몰랐을 리가 없다.
 이모는 슬쩍 던지는 시선만으로도 나의 변화를, 제대로 대우받지 못하고 있는 나의 몸을, 다 알았을 것이다. 하지만 그것에 대해 일언반구도 하지 않았다. 이모의 눈치와 판단이 나를 뚫고 지나갔다는 건 알았지만 솔직히 말할 수 없었다. 이모가 먼저 묻지 않을 테니 내 마음은 줄곧 무거울 것이고, 우리는 이제 힘겨운 산책을 시작해야 했다.

 이모 앞에서 운 시간은 길지 않았지만 흘린 눈물의 양은 많았다. 울음을 멈추고도 눈가에 물기가 한참을 남아 있어서 마음을 들썩이게 했다. 3년 만에 만난 이모에게 처음으로 보여준 게 우는 얼굴이라는 사실이 부끄러웠다. 그와 동시에 이모와의 다정했던 순간들이 떠올랐다. 그렇다고 이모를 대하는 마음의 거리감이 사라진 건 아니었다.
 그럼에도 눈물은 이상한 힘을 가지고 있어서 내 이야기를 자꾸 하고 싶어졌다. 나에 대하여, 나의 지금에 대하여, 정말 굳이 꼭 말해야 한다면 그 상대는 이모가 맞을 것이었다. 나는 그걸 알았고, 어떤 말들이 입술 안에 갇힌 채 아우성쳤다.

 말이든 마음이든 풀어 놓기 전에, 우리 사이엔 해결해야 할 것들이 있었다. 입 밖으로 나오려는 말들을 모아 꿀꺽 삼키고 이모를 앞질러 걸어가다 우뚝 멈춰 섰다. 그 순간 입에서 엉뚱한 말이 튀어나왔다. 내 의지와는 무관하게.
 "요새는 블로그 안 해?"

안 하느니 못한 말 중에서도 하필 가장 최악인 말. 이모의 블로그. 내가 감히 그 이야기를 꺼내다니.

이모가 블로그를 개설한 건 몇 년 전의 일, 막 독립했을 때였다. 내가 이모의 블로그를 본 건 그로부터 3년 뒤의 일이었고. 내가 보기에 이모는 블로그 운영에 최선을 다하고 있었다. 화사한 대문과 장문의 포스팅을 보아서는 표현이 소박하고 말수가 적은 이모의 블로그라고 생각하기가 어려웠다.

아니, 아니지.

거기에 이모는 없었다. 블로그 속에서 이모는 오렌지색 사원증을 가진 직장인이자, 3분 카레와 불멍을 좋아하며 산에서 비바크(Biwak)까지 능숙하게 해내는 캠퍼였고, 다년간의 일본 유학 시절에 사귄 친구들로부터 현지 정보를 수집해 소개하는 여행자이기도 했다.

그러니까, 죄다 거짓말.

이모의 삶이 아니었다. 이모가 오렌지색 소품들을 모으긴 했지만 출퇴근 시간이 정해진 회사에서 일한 적은 없었다. 이모처럼 지체 장애와 청각 장애를 동시에 가진 장애인을 선뜻 채용하는 회사가 없었기 때문이다. 이모가 캠핑을 가기 위해서는 최소한 두 사람 이상의 손이 필요할 테니 홀로 즐기는 비바크나 불멍은 이모의 취미가 될 수 없었다. 이모의 부엌 찬장에 채워진 레토르트 식품들만이 'CAMPER' 카테고리의 진실이었을 것이다.

그리고 일본은.

이모의 아르바이트와 관련이 있었다. 이모가 비정기적이나마 꾸준히 했던 일은 일본에서 제작된 AV의 자막을 만드는 것이었다. 그게 일어일문학을 전공한 이모의 중요한 수입원이라는 사실이 내게는 저급한 농담 같았다. 그 이야기를 엄마에게 할 때 이모는 술에 취해 있었다. 취해서, 말소리는 평소보다 더 또렷하지 않았고, 그래서 얼핏 울음소리처럼 들렸다. 깊은 밤이었고 내가 잠든 줄 알았겠지만 다 듣고 있었다. 모두가 잠든 새벽까지 컴컴한 천장을 올려다보며 눈만 껌뻑였다. 하기 싫은 일을 싫어하면서도 할 수밖에 없는 이모의 삶이 분했다. 이모의 청각 장애는 정도가 심하지도 않은데, 어째서 그럴듯한 책이나 영화를 번역할 수 없는 건지, 대체 왜 일이 잘 풀리지 않는다는 건지 생각할수록 화가 났다.

이모의 거짓말들은 이모의 욕망들이었다. 아름답지만 쉽게 부서지는 거짓의 세계. 이모는 그걸 가질 수 없다. 계속 그럴 것이다. 그 사실을 누구보다 이모가 잘 알고 있다는 사실이 슬펐다. 이모 때문에 화가 나면 슬퍼졌고 그러면 다시 화가 났다. 그날도 그랬다. 할머니와 다정하게 지낸다는 거짓말에 이르러서는 더 참을 수가 없었다.

"이모! 이게 다 뭐야!"

소리치고서 후회했다. 그럼에도 입은 또 제멋대로 움직여서.
"왜 거짓말을 하고 살아!"

말해 버렸다. 거짓말을 하면 안 되지. 뻔한 도덕 같은 것에 기대어 한 말은 아니었다. 왜 가질 수 없는 걸 갖고 싶어 하는지. 그리하여 스스로를 비참하게 만드는지. 나는 그게 화가 났다. 방바닥에 엎드려 배달 앱을 보고 있던 이모는 별안간 쏟아진 내 고함에 고장 난 듯 멍하니 모니터와 나를 번갈아 보았다. 잠시 그렇게 있다가 담담히 말했다.

"국물 떡볶이 어때?"

이모의 목소리와 말투가 평상시와 다르다는 걸 금세 알았다. 이모는 평정심을 유지하려 애쓰고 있었다. 왜 화를 내지 않지? 이모의 블로그는 '서로이웃추가'를 한 사람들끼리만 보도록 되어 있었다. 그러니 비밀을 함부로 들여다본 건 명백히 내 잘못이었다. 알면서 더 뻔뻔하게 굴었다. 이모와 싸우고 싶었던 걸까. 무슨 말을 듣고 싶었던 걸까. 이모는 끝끝내 폭발하지도 무너지지도 않았다. 잘못을 하는 것도 열을 내는 것도 다 내가 했다.

"떡볶이는 무슨 떡볶이야!"

매운 건 잘 먹지도 못하면서. 그 말은 하지 않았다. 걱정이라도 해 주는 것처럼 들릴까 봐. 문을 때려 부술 듯이 열고 이모의 집을 나왔다. 문이 닫힌 다음엔 한 번 더 발로 쾅 찼다. 뭔가 바닥으로 떨어지는 소리가 들린 것 같았지만 그대로 돌아서 집에 갔다. 그 뒤로 며칠은 이모의 집에서 떨어졌을지 모를 물건들—책, 필기구, 노트북, 접시, 토스트기—을 상상했고, 그 뒤로 며칠은 그 물건들이 이모에게 쏟아지는 장면을 떠올렸고, 급기야는 내 발길질에 이모의 집이 무너지는 망상까지 했다. 그럼에도 나는 이모에게 사과하지 않았다.

그날이 이모와 나의 마지막이었다.

8

이모와 나는 채운사까지만 올라가기로 했다. 우리가 마지막으로 함께했던 나들이 코스와 같았다. 지금보다 조금 더 철이 없었고 힘은 있었던 나는 채운사에 들어서면서 이모에게 내기를 제안했다. 대웅전까지 먼저 도착하기 시합이었다. 나는 가파른 계단을 뛰어서 올라갔고, 이모는 경사로를 이용했다. 누가 이겼는지는 기억이 나지 않는다. 소란을 피웠다는 이유로 연세 지긋하신 스님에게 꾸지람을 들은 기억만 있다. 엄마는 멀찌감치 떨어져 일행이 아닌 척했다. 그 일들이 다 재밌고 어이없어서 산을 내려오는 동안 자꾸 웃었다.

웃다 보니 기분이 좋아졌다. 그날은 내가 아는 한에서 이모가 가장 걱정 없이 보낸 하루였다. 이모와 엄마가 자기들 어릴 적 이야기를 들려줬다. 두 사람을 자꾸 놀리던 남자애 하나를 골탕 먹인 이야기였다. 두 사람은 신이 났고 비속어까지 섞어

가며 즐겁게 대화를 했다. 나도 덩달아 신이 났다. 내 눈에는 다람쥐도 보이고 뱀도 보이고 오소리도 보이고 꿩도 보였다. 계곡 건너의 숲속으로 노루가 몸을 숨기던 순간에는 환호성에 가까운 비명을 지르기도 했다. 그 바람에 이모의 이야기가 끊겨 엄마가 짜증을 냈지만, 나는 아랑곳하지 않았다. 그때 나는 건강한 내가 좋았다. 영원히 그럴 수 있을 거라고 믿었다.

그래서 그때처럼 이모랑 다시 웃고 즐겁고, 그렇게 하고 싶었던 건 아니었다. 그저 익숙하고 한적한 무장애로(無障礙路)가 필요했을 뿐이었다. 이모가 땅의 기울기를 의식하지 않아도 되는 곳. 이모와 내가 서로를 돌보지 않아도 되는 곳.
  우리는 말없이 걸었다. 오래도록 조용했다. 불편하고 무거운 고요. 어쩐지 산도 우리와 함께 침묵하는 듯했다. 어렵지 않게 볼 수 있던 동물들도 눈에 띄지 않고 바람도 불지 않아 나무도 숲도 정물처럼 멈춰 있었다. 꾸덕한 질감으로 그려낸 유화 속에 들어와 있는 기분. 덥고 찐득한 걸음. 걸음들.
  다솔 계곡 부근에 다다르자 케이블카 탑승장이 나왔다. 그걸 타면 정상까지 10분 내로 갈 수 있다 했다. 저걸 타 볼까. 이모가 그걸 타고 싶어 할 것 같다는 생각이 들었다. 산 정상에 가 보는 건 이모에게 쉽지 않은 일이니까. 하지만 이모는 싫다고 했다.
  "비겁해."

무슨 말인지 이해가 잘 되지는 않았지만, 싫다고 하니 탈 수는 없었고 나도 그리 아쉽진 않았다. 우리는 나무 덱(deck)이 깔린 길을 천천히 걸었다. 계곡의 물소리를 들으며 걷다 보니 걸을 만했다. 실은 좀 좋았다. 눌린 마음의 귀퉁이가 조금은 펴지는 것도 같았다. 이모도 비슷한 마음이었던 걸까? 문득 혼잣말인 듯 아닌 듯 말을 했다.

"안 해."

"뭘?"

"블로그."

"……"

"다른 거 해."

"……어떤 거?"

"인스타."

뭐야. 어쩌라고. '팔로우'라도 하라고? 아이디 따위 묻지도 않을 셈이었지만 궁금해지는 건 또 어쩔 수 없었다. 인스타그램에서는 무슨 거짓말을 어떻게 얼마나 하고 있을까? 이모의 새로운 거짓말을 상상하게 되었다. 그런데 그것이 재미있었다. 생각보다 훨씬.

그래. 재미가 있었다.

화가 나서 부글대면서도 이모의 블로그를 계속 들여다봤던 건, 재밌어서였다.

재밌었다.

이모의 바닥을 보는 게.

9

블로그에 거짓 세상을 지어 놓은 이모를 보며 화를 내고 열을 올리면서도 재미를 느낀, 상할 대로 상해서 어디 써먹지도 못할 마음은 어디에서 왔을까.

이모의 독립은 내가 갖고 싶은 미래와 비슷했다. 삶의 균형추가 어긋나고 있음을 감지하고 있던 때였다. 뭔가를 뚜렷하게 탓할 수 없지만 나는 혼자이고 싶었고, 혼자로서 온전하고 싶었다. 내가 나에게 하는 기대만으로도 무거워서 숨만 쉬고 걷기만 해도 관절 몇 군데가 금방 툭, 투둑, 부러질 것 같았다. 그런 내게 있어 독립이란 걸 해낸 이모는 부러움의 대상이자 질투의 대상이었다.

나는 이모가 독립을 하고서 행복을 얻었을 거라 믿었다. 아니, 나를 위해서라도 이모는 행복해야만 했다. 그런데 이모가 방 안에 틀어박혀 허황된 꿈만 꾸고 있었다니. 작지만 단단한 안전 가옥처럼 보였던 이모의 집이 좁고 초라한 움막처럼 보였다. 그 안에 사는 이고의 삶이란 빨리 감기를 하여 도달한 나의 미래였다. 잘하지 못하면, 해내지 못하면, 존재할 이유가 없다는 생각을 자주 하던 때. 이모의 거짓은 곧 희망의 붕괴였다. 내 불안을 건드리고 때리고 주무르는 잔혹한 사건이었다.

그런데도 나는 웹 페이지를 닫지 않고 가만히 블로그를 들여다보았다. 터져 나온 불안이 온 마음을 물들여 엉망으로 만들도록 내버려 두었다. 그리고 결국에는, 재미를 맛보기에 이른 것이다. 먼저 본 미래는 어쩌면, 피할 수 있는 미래이기도 할 테니. 마음 깊숙한 곳에서 이모의 현재와 나의 미래를 비교하며 나는 잔잔하고 잔인한 기쁨을 맛보았다. 그러다 터져 버린 것이 아닐까. 감당하기 힘든 복잡한 마음을 일으키는 이모의 거짓말에 할 수 있는 거라고는 화를 내는 것뿐. 대충 그런 결론이지만, 그게 뭐가 중요할까. 확실한 건 내가 이모의 삶을 재밋거리로 보았다는 것, 이모를 분풀이 대상으로 삼았다는 것이다.

도대체 뭘까, 나라는 것은.

왜 나는 이것밖에 안 되는 인간일까. 어째서 나는 나로 살 수밖에 없는 걸까. 스스로에 대한 익숙한 실망이 또 고개를 들었다. 이모의 전동 휠체어가 저만치 멀어져 있었다. 이모도 우리 사이의 거리를 느꼈는지 멈춰 서서 기다렸다. 햇볕이 너무 강렬해서 이모의 얼굴을 제대로 보기가 힘들었다. 어쩐지 외롭고 또 쓸쓸해 보이는 이모의 실루엣. 얼른 따라가야 한다는 걸 알면서도 발걸음에 힘이 실리지 않았다. 왼손에 쥐고 있던 휴대폰이 울렸다. 확인해 보니 혜영의 메시지였다.

생활 트래핑 단체 채팅방 초대였다. 곧바로 공지 사항 메시지도 올라왔다. 나도 모르게 집중해서 읽는 사이 걸음이 빨라졌고 이모 옆을 스쳐 갔다.

"거북이 승리!"

이모의 말이었다. 나더러 거북이라고 한 거야? 갑자기 웬 농담을? 그런데 이모, 혹시 웃은 거야? 할 말이 후드득 쏟아졌지만 이모의 휠체어는 다시 멀어졌다.

10

혜영이 울었다고 했다. 지퍼를 연 배낭을 무릎 위에 올려놓은 채 그 속에 머리를 집어넣고 소리 내어 울었다는 것이다.

왜 울었는지 이유는 말하지 않았다. 혜영도 다해도 정연도, 그 누구도 말하지 않았다. 나는 궁금했다. 혜영은 왜 울었을까. 혜영은 울 때 어떤 얼굴일까. 다해와 정연은 혜영이 우는 동안 무엇을 했을까. 혜영에게는 무슨 일이 있었던 걸까. 슬픈 일이 있었을까. 마음에 상처가 났을까. 아니지. 감당이 안 될 만큼 기쁜 일이 있었을 수도 있지. 그나저나 배낭에 얼굴을 넣고 우는 아이디어는 제법 괜찮은 것 같아. 다음에 나도 해 봐야지. 그래서 어쨌든, 혜영은 왜 울었을까. 지금은 그쳤을까. 하지만 하나도 묻지 못하고 이런 못생긴 메시지만 남겼다.

— 나를 왜 여기에 초대한 거야?

혜영과 함께 울기 위한 생활 트래핑 긴급 모임의 시간은 목요일 점심시간. 장소는 언제나처럼 조회대.

　공지로 등록된 글을 반복해서 읽었다. 나, 왜 이걸 계속 읽고 있지? 나도 내가 이상했다. 내가 보낸 메시지 옆의 숫자는 금세 사라졌으나 답은 올라오지 않았다. 머릿속에는 혜영의 울음에 대한 질문들이 다시 한 바퀴 돌았다. 사실 가장 이상한 점은 따로 있었다. 내가 다른 사람을 궁금해하고 있다는 것. 이상하고 낯설고, 불편했다.

　"앞을 보고 걸어."

　언제 왔는지 이모가 내 앞에 있었다.

　"허리도 좀 세우고."

　"이모가 할 말은 아니지 않아?"

　농담으로 한 말이었는데. 이모에게 농담을 해 본 게 너무 오랜만이라 말투가 딱딱해져 버렸다. 그 바람에 내 말은 아주 질 나쁜, 장애를 조롱하는 듯한 말처럼 들렸다. 그럴 의도는 당연히 없었다. 이모는 픽, 웃었다.

　"이제 농담도 하네."

　이모가 휠체어를 돌려 다시 앞장을 섰다. 채팅방에 새 메시지 알림이 왔다. 확인하지 않고 이모를 따라 걸었다.

11

이모는 독립을 위해 긴 싸움을 했다. 아니. 독립이라고 말하면 너무 단순하고 납작하다. 우아하고 고상하며 성숙하다. 그 일에 대해서는 이렇게 바꿔서 말해야 한다.

이모는 할머니 집에서 '탈출'하기 위해 발버둥과 몸부림을 쳤다.

이모와 할머니가 싸운 이유는 엄마에게 들어서 알고 있었다. 당시의 엄마는 사흘에 한 번씩 나를 앉혀 놓고 이모의 이야기를 들려주곤 했다. 이모와 할머니의 싸움, 엄마는 전쟁이라고까지 표현했던 그 이야기는 길었다. 점심을 먹고 나서 저녁때가 다 되도록 식탁 위의 그릇들을 그대로 둔 채 이어지곤 했다.

사건은 이모가 대학원 진학을 선언하면서 시작되었다. 이기적이라는 말을 엄마가 직접 하진 않았고, 할머니도 그랬던 것 같지만 엄마도 할머니도 이모의 그 결정을 이기적이라고 생각한 건 틀림없었다. 그 마음은 내게도 전달되었고 나 역시도 이모가 좀 과한 욕심을 부린다고 생각했다.

그런데.

무엇이 과했다는 걸까. 온 가족이 합심해서 이모를 뜯어말렸던 이유는, 그럴 만한 정당한 사유는 어디에 있었을까.

할머니의 입장은 이러했다. 학부생 때의 성적도 간신히 학사 경고를 면하는 수준이었으면서 별달리 준비도 하지 않다가 서른 줄을 앞두고 굳이 대학원에 가겠다는 건 현실 도피 그 이상도 이하도 아니다. 게다가 대학을 다니던 4년 내내 할머니가 전담하여 이모의 등하교를 도왔고, 엘리베이터가 없던 구관 건물에서 수업이 있는 날에는 엄마까지 동참—엄마가 어린 나를 등에 업고 간 날도 있었다—했다는 걸 생각하면, 그 일을 짧게는 2년, 길게는 한정도 없이 해야 한다는 게 말이 안 된다는 것이었다. 그렇게 해서 얻을 수 있는 보상이란 것조차 뚜렷하지 않았고, 다가올 고난의 시간이 이모의 미래를 바꾸는 데 도움이 되지 않으리라는 확신은 반복된 경험에서 온 합리적 판단이었다. 내가 봐도 틀린 부분은 없었다.

"처음부터 목적은 대학원이 아니었어."

이모에게서 그 말을 들었던 건 코로나가 무서운 속도로 확산되기 시작하던, 그러므로 이모가 가장 큰 공포에 떨었던, 2020년 3월이었다. 나는 휴교와 온라인 등교로 남아도는 시간을 주로 이모의 집에서 보냈다.

물리 치료 병동이 폐쇄되어 몸의 이곳저곳이 굳어 가는 느낌이라는 이모에게 내가 할머니 댁으로 다시 들어가라고 말하자 이모가 이야기를 들려주었다.

그러니까 여기서부터는 이모의 입장이다.

그리고 나는 이 이야기가 한 걸음이나마 더 진실에 가깝다고 믿는데, 왜냐하면 이것이야말로 이모에게서 직접 들은 이모의 이야기이기 때문이다.

다들 잘 몰랐지만 이모는 오래전부터 발버둥을 치는 중이었다. 하지만 원체 고요한 사람인데다 운신의 폭도 넓지 않은 이모의 애면글면은 도무지 티가 나지 않았다.
애면글면.
이모가 말한 그 단어를 혼자 있을 때 인터넷에 검색해 보고 눈물을 조금 글썽였다.
알아주지 않으니, 어쩌면 알고도 모른 척만 하니 이모는 할머니와 싸울 필요가 있었다. 이모는 자신의 오랜 방벽이자 지붕이고, 유구한 족쇄이자 올가미인 할머니에게서 벗어나기 위하여 그럴듯한 구실을 오래도록 탐색했다. 결론은 대학원에 가겠다는 선언이었고, 타협은 없다는 엄포였다.
이모는 알고 있었다. 그 말이 할머니에게는 나이만 먹고 할 줄 아는 것은 없는, 심지어 장애까지 가진 딸이 부리는 생떼가 된다는 걸. 그리고 무엇보다 '학교'라는 장소가 할머니의 마음을 가장 사납게 꼬집고 비튼다는 걸.

대학은 가서 무얼 하느냐는 할아버지의 반대에 함께 맞서주었던 할머니는 이모가 2학년 1학기를 마쳤을 때 처음이자 마지막으로 자퇴를 권유했다. 초중고 12년의 정규 교육을 거치는 동안 불평 한마디 하지 않은 할머니였다. 이모 한 사람을 위한 엘리베이터 설치는 불가능하다는 학교와 2년을 싸우면서도, 그 와중에 다른 학부모들로부터 불만과 비난이 뒤섞인 문자 메시지를 받으면서도, 수행 평가 진행 때문에 통합 수업을 자꾸 거부하던 교사에게 울면서 사정을 빌었을 때에도 꺾이지 않았던 할머니의 교육열은 대학에서의 세 번째 기말고사를 마친 날에 흩어져 버렸다.

집으로 돌아가기 위해 차를 타러 가던 길, 할머니는 주차장에서 이모의 휠체어 손잡이를 놓았다. 어떤 힘도 가하지 않은 채 그저 놓기만 했을 뿐이었다. 휠체어는 평지 위를 2미터 정도 가만히 굴러갔다. 하지만 그것만으로도 이모의 몸과 마음은 위축되었다. 여름의 문턱을 넘느라 체감상으로 무척 더웠던 날. 이모가 뒤를 돌아보자 할머니는 손등으로 턱 밑을 쓱 훔치며 말했다.

"이제 못 해 먹겠다, 얘."

이모는 말했다.

"초등학생 때부터 고등학생 때까지 엄마가 겪었던 고생과 수모가 우리 머릿속을 동시에 관통했던 것 같아. 말로 다 설명할 수 없지만 확실해."

사랑과 주눅. 이모의 머릿속에 지나간 두 개의 단어. 그건 할머니를 향한 이모의 가장 원초적인 마음이자 태도였다. 그래서 이모는 일종의 포기 선언을 한 할머니에게 서운함 대신 연민을 느꼈다. 못 하겠다와 못 해 먹겠다는 엄연히 다른 말이었다.

"여름 방학이 끝나자 엄마는 언제 그랬냐는 듯이 나를 학교에 성실히 실어 날랐어."

이모는 자신이 가장 싫어하는 단어인 '나르다'에 일부러 강세까지 주었다.

"그래서 어떻게 되었어?"

"그렇게 남은 다섯 학기를 마쳤고 졸업했지."

이모의 대학 졸업식 날 할머니는 무진장 울었다. 나도 그 자리에 있었으므로 알고 있다. 할머니가 너무 크게 울어서 어린 나도 당황스러웠다. 할머니는 이제 자신의 몫을 다했다고 믿은 것 같았다. 믿고 싶었을 것이다.

이모의 독립을 두고 벌어진 일련의 일들에 대해서 할머니가 잘못한 일이라고, 단정 지어 말할 자격이 있는 사람은 아무도 없을 것이다. 이모도 그 사실을 잘 안다. 하지만 시간을 돌린다 해도 이모는 같은 결정을 했을 거라 했다. 온몸이 나무처럼 굳는 날이 오더라도 혼자 살기로 한 결정을 되돌리지는 않을 거라고.

"뭐랄까. 그때 나는, 개가 된 기분이었어."

대학을 졸업하고 취업에 거듭 실패하고 한 차례 취업 사기까지 당한 다음 어렵사리 들어간 회사는 장애인을 고용하면 받는 장려금에만 관심이 있을 뿐 이모가 일할 수 있는 환경을 갖추는 데는 관심이 없었다. 이모는 전공과 무관한 재생 용지 생산 현장에 투입되었고 3달 만에 손등 뼈에 골절을 입은 채 회사를 관두었다. 장애인이어서 최저 임금제 적용을 받지 못한 이모의 총급여는 위로금 수준의 퇴직금까지 다 합해서 500만 원을 간신히 넘기는 수준이었다. 이모가 처음으로 가져 본 목돈이기도 했다. 맡아 주겠다는 할머니의 말과 불려 주겠다는 할아버지의 말을 모두 물리치고 그 돈을 통장에 넣어 둔 이모는 생각했다.

　'집 지키는 개가 된 것 같아.'

　그리고 깨달았다고 한다. 그 기분이 절대 낯설지가 않다는 걸. 어쩌면 평생 그렇게 살아왔던 건 아닐까? 머릿속을 스쳐 간 질문을 따라 이모 인생에서의 불편한 장면들이 점멸했다. 멀리서 보면 반짝이는 윤슬 같았으나 손으로 집으면 날카롭게 베이는 유리 조각 같은 순간들. 시계 고치는 법만 배워도 먹고는 살 테니 걱정 말라던 외조부의 단호한 목소리, 뜻밖에 섬세하고 단정한 이모의 손놀림을 자랑하고 싶었던 할머니가 데리고 다닌 밤 치는 공장, 거기서 만난 아주머니들의 눈빛, 칭찬, 격려들. 잘 달여 먹이면 허리와 다리의 힘을 기르는 데 도움이 된다는 말을 듣고 할아버지가 '사랑으로' 길렀던 동물들, 꺼림

칙한 빛깔과 냄새가 나는 액체가 담긴 사기그릇과 그 옆에 놓인 자두맛 사탕 한 알, 2층에 쏟아지던 노을과 이따금씩 울려 퍼지던 짐승의 울음소리, 그걸 덮기 위해 이모와 나의 엄마가 나란히 앉아 두드렸던 실로폰 소리까지.

그 순간 이모는 사랑과 폭력을, 보호와 구속을, 신념과 집착을 구분하기가 어려워졌다. 이모는 싸울 수밖에 없게 된 것이다. 상대는 많기도 하였고 크기도 하였으나 일단 눈앞의 할머니를 물리치는 것만이 이모가 할 수 있는 싸움이었다. 3개월. 회사를 다녔던 시간만큼 이모는 할머니와 싸웠다. 두 사람은 절연하다시피 한 사이가 되었다.

12

할머니는 여전히 나의 엄마에게 이모에 대해 묻는다. 이모는 그렇게 하지 않는다. 그 사실은 엄마를 매번 새로운 슬픔 속으로 밀어 넣는다. 엄마는 자주 울고 술을 마신다. 그럴 때면 나는 눈을 감고 둑이 무너지는 장면을 상상한다.

엄마에게서 전화가 온 시각은 11시였다. 1분도 넘치거나 모자라지 않은 11시. 이모와의 약속 시간에서 1시간이 흐른 때. 엄마는 마음속으로 1시간이라는 이름의 선을 그어 놓고 그때까지만 내 연락을 기다리기로 했을 것이다. 콘서트 티켓팅이라도 하는 것처럼 인터넷 시계를 띄워 놓고 11시 00분 00초에 통화 버튼을 눌렀을 테지. 그런 면에서 엄마는 할머니와 닮은 부분이 있다.

"어때?"

전화기 너머로 엄마가 처음 한 말이었다. 내가 여보세요,라든가 왜,라고 톡 쏘아붙이기도 전에 자기 용건을 먼저 꺼낸 것이었다. '어때?'라니. 뭐가 어떻냐는 건데. 내가? 이모가? 아니면 이모와 내 사이가? 다짜고짜 어떻냐고 하면 내가 뭐라고 그래. 하지만 묻고 따질 힘도 없는 나는 그냥 말했다.

"좋아."

엄마가 듣고 싶었음 직한 대답을 감정 없이 했다. 뭐가 좋다는 건지. 말하고서도 나는 모르고. 통화할 때면 거실 창문 앞에 서서 놀이터를 내려다보는 엄마는 잠시 생각에 잠겼을 것이다. 얼마나 좋다는 거지? 하지만 엄마도 이렇게 말하고 전화를 끊었다.

"그래. 조심하고."

뭘 조심하라는 걸까, 생각하려다 관두었다. 이미 전화는 끊겼고 부러 머리를 쓰지 않아도 정수리가 뜨끈뜨끈했다.

엄마 생각을 안 하고 싶었는데 이모의 말 때문에 물거품이 됐다.

"언니야?"

나는 건성으로 고개만 끄덕였다.

"언니는 잘 지내?"

"빨리도 물어본다. 가만 보면 엄마만 이모를 궁금해하는 것 같아."

짝사랑에 가까운 관심. 하지만 나는 안다. 엄마가 스스로 그 마음을 부담스러워한다는 걸. 엄마는 할머니에게도 그랬다. 사랑을 주고 관심을 표현하고 무엇하나 모자람 없이 챙겨 주면서. 어디서 그런 말은 배웠는지 K-장녀 쉽지 않네, 농담을 하면서, 그 책임과 부담을 즐기는 듯한 뉘앙스로 행동하면서도 그러다가 별안간 울었다. 힘들다고, 못 하겠다고. 아빠를 붙들고 하소연을 하는 날이 1년에 두어 번 있었다. 아빠는 위로에 소질이 없었다.

"아빠, 위로의 기본은 말을 들어 주는 거야."

그렇게 말해 본 적도 있었으나 소용이 없었다.

엄마는 나선형으로 내려가는 감정의 곡선에 갇힌 사람 같았다. 그것을 알고 나서 나는 두려워졌다. 엄마가 내게도 그런 마음을 가지고 있으면 어떡하나. 사실 어느 시점부터는 확신했다. 나는 엄마가 사랑하는 짐 덩어리다. 할머니보다 이모보다 훨씬 무거워하는 큰 짐.

엄마와 이모의 유년시절을 생각해 본다. 소아 비만이었던 엄마가 이모의 휠체어를 밀며 걸어가는 어느 날을 상상한다.

그래도 언니가 듬직하네. 그 말은 두 사람 모두에게 상처. 엄마는 '듬직'에 이모는 '그래도'에 마음을 다치면서도 칭찬을 들은 양 웃어 보이며 걷는 길. 엄마와 이모는 서로에게 무엇을 주고 무엇을 빼앗았을까. 형제가 없는 나는 문득 그런 것이 궁금해진다. 놀림을 많이 받았다는 두 사람은 서로를 의지했을까 미워했을까. 차마 물을 수 없는 질문을 삼켜 내고 엄마의 안부를 묻는 이모의 물음에 답했다.
"잘 지내지."
거짓말이었다. 엄마는 잘 지내지 못한다. 나 때문에.
요요가 와서 살이 쪘고, 빼야지 빼야지 하면서도 단걸 입에 달고 산다. 그게 내 탓은 아니지, 생각하려고 해도 잘 되지 않아. 나도 엄마도 잘 지내지 못해. 그리고 그제야 진심으로 궁금해졌다. 묻고 싶어졌다.
이모는 잘 지내?

13

그러나 묻지 못했다.
"비가 올 것 같은데."
가던 길을 멈춘 이모가 어깨를 주물렀다. 잘 구부러지지 않는 이모의 오른쪽 중지와 약지. 긴장한 기색이 역력했다. 궂은 날씨에 관해서라면 이모의 어깨 통증이 기상청보다 정확했다.

머리 위로 먹구름이 덮이는 걸 나는 한발 늦게 알았다. 바람도 낮고 묵직하게 불었다. 덥지 않고 밝지 않다는 걸 눈치채지 못하고 있었다. 갑자기 머릿속에 굴러들어 온, 검은 돌 생각을 하고 있던 참이었다.

검은 돌.

이모에 대해 깊이 생각하면 검은 돌이 떠올랐다. 반대로 검은 돌을 한참 상상하다 보면 그 위로 이모의 뒤통수가 포개어졌다. 가끔은 꿈에서 그 돌을 봤다. 꿈속에서의 검은 돌은 내가 흘리는 눈물이기도 했고, 피이기도 했으며, 뱉어 버린 밥이기도 했다. 그 꿈은 아팠고 슬펐다. 몸과 마음에 실감으로서의 통증이 느껴졌다. 꿈을 꾸지 않으려면 찾아야 했다. 가져야 했다. 검은 돌을.

나는 이모를 대신할 무언가를 찾고 있었던 게 아닐까? 최근 몇 년 동안 이어진 이모의 부재를 통해 어쩌면 언젠가는 찾아오고야 말 이모와의 영원한 이별을 대비하고 있었던 게 아닐까? 이모가 손을 뻗어도 닿을 수 없었던 블로그 속의 세계처럼 빈틈없이 완전한 돌멩이 하나를 빚어 놓고 원하면서, 이모를 영영 그리워하려고 했는지도 모른다. 그래 봐야 마음의 어느 구석 하나도 편해질 리 없다는 걸 알면서도.

이런 고민들은 익숙했고 그만큼 허무했다. 어차피 그 돌은 세상에 없는 돌이고, 내 바람은 이루어지지 않을 것이었다.

비가 언제 오는지 이모에게 물었다. 이모가 찌푸린 얼굴로 어깨를 연신 만지며 말했다.

"모르지. 내가 어떻게 알겠니."

"대충 짐작이라도 해 보라고."

내가 들어도 이상한 말을 하고 이모의 반응을 기다렸다. 이모는 어이없어 하는 얼굴로 나를 잠시 봤다. 날이 선 눈빛. 나는 안다. 이모가 화를 내고 있는 대상이 내가 아니라는 걸. 비와 통증. 이모를 예민하게 만드는 것.

"정 불안하면 우산이라도 구해 보든가."

내가 왜 불안해? 그리고 어딜 가서 우산을 구해? 말하고 싶었지만 몸은 이미 달리기를 시작했다. 이모, 여기서 잠깐만 기다려. 내가 금방 구해 올게. 같은 다정한 말은 당연히 하지 않았다. 그저 달렸다. 젖으면 안 돼. 그 생각뿐이었다. 젖으면 고장이 난다. 이모도, 이모의 휠체어도. 망가진다. 쉽게, 그리고 아주 심하게.

하늘을 향해 손바닥을 연신 펼쳐 보며 달렸다. 목적지는 채운사였다. 종무소에서 우산을 빌려 볼 생각이었다. 습하고 더운 공기 때문에 금세 숨이 턱까지 찼다. 그렇다고 멈출 수는 없었다. 눈앞에 없는 이모가 어느 때보다 연약하게 여겨졌다. 비에 젖어 떠는 이모. 습한 기운에 불길한 소리를 내는 휠체어. 이모와 휠체어는 한 몸과 같아서 예고도 없이 함께 무너져 내릴 것만 같았다.

　입안에서 피 맛이 느껴질 즈음 절의 입구가 보였다. 거기서부터는 내리막이었다. 경사가 급한 것도 아니었는데 속도를 줄일 수가 없었다. 나의 근력이 얼마나 약해졌는지 알게 되었다. 절의 현판에 적힌 한자가 또렷하게 보이던 순간, 앞으로 고꾸라졌다. 어디서 기운이 났는지 단숨에 일어났다,고 생각했는데 다른 사람이 일으켜 준 것이었다. 스님이었다. 나와 이모를 혼냈던, 5년이 흘러 딱 그만큼 더 늙은, 길고 긴 흰 눈썹을 가진 스님.

　내가 그랬듯 스님도 나를 단번에 알아보았다. 스님은 나를 종무소에 데려가 연고와 반창고를 줬다. 무릎과 팔꿈치에서 피가 흘렀다. 유리창에 빗방울이 하나둘씩 붙기 시작했다.

　"혹시 남는 우산 있나요?"

　내가 묻자 종무소장님이 우산 한 개를 줬다.

　"남는 건 없고, 이거 내 건데……."

　"금방 돌려드릴게요. 감사합니다."

　말하고 서둘러 나가려는데 스님이 나를 불러 세웠다.

　"이모랑 왔어?"

　그 말을 듣는 순간 왜인지 모르게 눈물이 왈칵 쏟아졌다. 내 손에 있던 우산을 스님이 가져갔다. 빗줄기가 조금씩 굵어지고 있었다.

고무신을 찰박거리며 멀어지는 스님을 멍하니 보다가 나도 가야지, 한발 늦게 생각했다. 문을 열고 쫓아가려는 순간 무릎이 불에 덴 듯 욱신거려 주저앉았다. 소장님이 나를 의자에 앉히고 반창고를 붙여 주었다.
"3분. 딱 3분만 앉았다 가."
　반창고만 붙였을 뿐인데 통증이 덜했다. 반창고는 원래 남이 붙여 줘야 좋아. 그래야 빨리 낫거든. 그 말은 틀림없이 이모가 했던 것. 또 눈물이 쏟아지려 해서 자리에서 일어났다. 3분이 지났는지는 알 수 없었다. 그때 또 생활 트래핑 대화방에서 알림이 왔다. 15초짜리 동영상이었다. 세 사람은 언제나처럼 뭔가를 던지고 받고 있었다. 조회대의 단차에 휴대 전화를 받쳐 놓고 타임 랩스로 찍은 것이라 무엇을 받고 있는지는 알기가 어려웠다. 빨갛고 동그란 무언가였다. 빨리 감기를 한 시간 속에서 분주히 움직이는 세 사람의 모습이 유난스럽고 어지러웠다. 하지만 15초였으므로, 끝까지 볼 수 있었다.
　나를 왜 초대했는지에 대한 대답을 들은 것 같았다. 나는 글자 다섯 개를 썼다가 지웠고, 다시 세 글자를 쓴 다음 망설이다가 보냈다. 발끝부터 머리끝까지 전기가 훑고 지나간 것처럼 찌릿했다.

　막상 나가 보니 안에서 봤던 것보다 빗줄기가 훨씬 거셌다. 후텁지근한 공기 탓인지 빗속의 산이 유난히 뿌옇게 보였다.

이 세상의 풍경이 아닌 것 같았다. 조심스레 한 걸음 한 걸음 걸었다. 다친 자리의 통증이 차츰 옅어졌다. 어느샌가 나는 이모와 스님을 향해 달리고 있었다. 팔다리가 부드럽게 움직였다.

얼마지 않아 맞은편에서 올라오는 두 사람이 보였다. 스님은 하얀색 러닝셔츠 차림으로 이모에게 우산을 씌워 주고 계셨다. 법복 저고리가 전동 휠체어 컨트롤러와 이모의 하반신을 덮고 있었다. 스님과 이모가 가까이 다가올 때까지 그 자리에 서서 기다렸다. 두 사람의 표정이 밝았다. 아닌 게 아니라 먹구름이 좀 걷혀서 세상이 환해졌고 여우비가 되나 싶더니 비가 뚝 그쳤다. 뜨듯하고 향긋한 땅김이 올라왔다. 산이 날숨을 뱉는 것 같았다. 나도 크게 숨을 마시고 천천히 내쉬었다.

"호랑이네. 호랑이가 따로 없네."

스님이 나를 보며 말했다. 내가 어리둥절해하자 이모가 덧붙였다.

"네 얘기 하면서 걸었거든."

스님과 이모가 빗속을 걸으며 나눈 얘기란 나의 태몽이었다. 꿈의 주인은 이모였다. 짧지만 반짝이는, 정말이지 꿈다운 꿈. 엄마에게 말한 적은 없지만 이모는 그 꿈을 나의 태몽이라 믿는다 했다. 나도 그 꿈이 퍽 마음에 들었다. 나도 이제 태몽 있어. 마음속으로 말해 보았다.

14

나의 태몽을 엄마와 아빠에게 말하진 않을 것이었다. 그래도 만약에 알게 된다면 어떤 반응을 보일지, 조금 궁금해지는 건 어쩔 수 없었다. 더 궁금한 쪽을 따지자면 엄마였다. 아빠의 반응은 투명하게 예상이 됐다. 아빠는 과장된 표정을 짓고, 큰 동작으로 나를 안으려 할 것이다. 내 상태에 대해 엄마로부터 들은 이후로는 줄곧 그런 식이다. 나와 감정적으로 닿을 기회가 생겼다 싶으면 그걸 신체적으로 표현하려 했다. 나는 이제 몸으로 놀아 줘야 하는 아이가 아닌데……. 아빠는 안 하던 짓을 무리해서 하고 있었다. 나는 그 무리함이 싫었다.

아빠와 외할아버지는 비슷한 구석이 많았다. 그럼에도 두 사람의 사이는 어색한 편이었다. 아빠와 단둘이 있거나, 할아버지와 단둘이 있는 건 심심하긴 해도 견딜 만하였으나 그 두 사람이 함께 있는 자리에 나만 남겨지는 건 아주 힘든 일이었다.
"너는 꼭 네 아버지 닮은 사람을 찾아 왔다 얘."
할머니는 엄마에게 그 말을 심심찮게 했다. 할머니의 말이라면 마냥 묵묵히 듣기만 하던 엄마는 내가 일곱 살 때 딱 한 번 폭발했다. 물이 반 넘게 든 컵을 식탁에 던지다시피 내려놓으며 소리친 것이었다.
"닮긴 뭐가 닮아!"

투명한 유리컵. 깨졌었나? 엄마가 손을 다쳤나? 피를 뚝뚝 흘렸나? 생각해 보면 엄마는 할머니의 말을 인정할 수밖에 없어서 화를 낸 게 아니었을까.

그렇지만 아무리 생각해도 아빠와 할아버지는 닮았다. 무뚝뚝하고 고지식하고, 외롭다는 말을 자주 했다. 왜 외로워졌는지 고민하지 않는 것도 똑같다.

아빠가 외할아버지 대문에 운 적이 있다. 그것은 놀랍게도 정말 일어난 일. 외할머니가 외할아버지 젊은 시절에 입었던 값비싼 재킷을 아빠에게 선물한 날이었다. 적당히 고쳐서 입으면 될 거라는 말은 할아버지가 직접 했다. 아빠는 감사의 의미로 할아버지에게 식사를 대접했고, 집에 돌아오는 길에 펑펑 울었다. 대리운전 기사님이 깜짝 놀라 갓길에 차를 세웠을 정도였다.

아빠를 울린 건 할아버지의 재킷 안주머니에 있던 낡은 쪽지였다. 이모가 정기적으로 치료를 받으러 다니던 대학 병원의 로고와 수간호사의 이름이 적힌 설문지였다. 그것은 반으로 납작하게 접혀 있어서 아빠가 아주 조심스레 펼쳤음에도 접힌 자국을 따라 찢어졌다. 아빠는 두 조각이 된 쪽지를 조심스레 이어 붙였다.

처음 아버지가 되었을 때 어떤 생각을 했습니까?

                                           (기억이 안 난다   )
 아이가 지체 장애자임을 알았을 때 어떤 생각이 들었습니까?
                                           (원망   )
 아기의 장애로 인해 삶에 긍정적 혹은 부정적 변화를 겪었습니까?
                                           (모르겠다   )
 아기와 자신의 미래에 대해 본인은 어떤 바람을 갖고 있습니까?
                                           (   )

 마지막 질문의 답란에는 뭔가 썼다가 선을 그어 지운 흔적만 있었다. 거기 적혔던 것은 무엇이었을까? 아빠는 거칠게 그어진 줄들 아래의 말들을 떠올리며 울었다. 그렇게 집으로 돌아온 다음에도 내 방으로 와서 한참을 더 울었다.
 "아빠는 외할아버지 마음 다 알아. 우리는 가장이니까. 가장 마음은 가장만 알지."
 나로서는 알고 싶지도 않은 마음을 주절주절 말했다.
 엄마는 그 광경을 무심히 지켜보다가 한숨을 한 번 쉬고 거실로 돌아갔다.
 아빠는 그날 결국, 내게 사랑한다는 말까지 했다. 드라마나 영화에 나올 것 같은 익숙하지만 현실감은 없는 말투로. 그러니까 연기 톤으로. 참 느닷없는 말이었다. 아빠의 품에서 벗어나고 싶었다. 엄마, 나 좀 꺼내 줘. 말하고 싶었지만 정작 내가 한 말은 술 냄새 나요,였다. 그 와중에도 아빠의 마음이 상할까,

미운 딸이 되면 어쩌나, 약간의 애교를 섞어서 말했다. 하지만 진심으로 아빠에게서 벗어나고 싶었다. 남자끼리만, 아빠가 되어 본 사람들만 안다는 그 마음은 내게 비겁하게 느껴졌다.

15

이모는 스님에게 별소리를 다 했다. 할아버지가 집을 나갔던 이야기는 나도 처음 들었다. 누가 내게 말해 주기도 어려운 이야기였겠으나, 그런 식으로 알게 되는 건 더 이상했다.

할아버지는 이모가 정규 교육을 받아야 하는 나이가 되었을 때 반년 동안 집에 들어오지 않았다고 한다. 엄마와 이모는 할아버지가 멀리 일하러 간 줄 알았다. 할머니가 한 방울의 눈물도 없이 엄마와 이모를 돌봤기 때문에 할아버지가 가출을 했을 거라고는 생각지 못했다는 것이다. 꽃 필 때 나가서 서리 내릴 때 돌아온 할아버지는 가슴을 치며 소처럼 울었다 한다. 그리고 그때까지 살던 아파트를 팔고 내가 익히 아는 벽돌집으로 이사를 했다. 수도에서 녹물이 나오고 겨울이면 보이지 않는 틈으로 바람이 들어 이따금 귀신 소리가 나던 그 집의 2층에서 할아버지는 이모를 '낫게' 할 희망을 키우고 달여서 1층으로 내려 보냈다.

내 눈앞에 하얀 토끼 한 마리가 뛰어서 지나간 것 같았다. 환영이었으나 나는 잠시 걸음을 멈췄다. 스님과 이모의 뒷모습이 눈에 들어왔다.

"근데 그게 다였어요."

이모의 말에 스님은 몇 걸음 더 걷다가 말했다.

"그것만 했어?"

대화가 끝났나 싶은 순간의 말이었다. 이모가 고개를 끄덕였고 스님도 똑같이 했다. 두 사람의 머리가 움직이는 모양이 비슷해 보였다.

일주문(一柱門)을 지나자 비구니 한 분과 동자승 일곱 명이 조르르 달려가는 게 보였다.

"누가 부처님 앞에서 뛰어다니나!"

스님이 혀를 끌끌 차며 말씀하셨다. 그러면서도 얼굴에는 웃음이 가득했다.

"우리 다 젖었대요!"

맨 앞에서 달려가던 동자승이 외쳤다. 여덟 명의 스님들이 숙소로 보이는 곳으로 쏙쏙 들어갔다.

"저 애들은……?"

이모가 뭔가 알아챈 듯한 표정으로 물었다.

"애들이 아니고 스님. 우리랑 연이 닿아서 같이 살지."

스님이 대답했다. 그리고 덧붙였다.

"참 예쁘지?"

사라졌던 토끼가 멀리서 나타났다. 자세히 보려고 하니 숲

속으로 모습을 감추었다.

16

 스님은 우리를 절 안의 식당으로 데려갔다. 점심을 먹기에 아직 이른 시간이라 한산했다. 승복을 입은 아주머니 두 분이 산채 비빔밥을 내주셨다. 백김치와 미역튀각이 반찬이었다. 스님이 일부러 고추장까지 가져다주었으나 나는 먹을 수가 없었다. 비빔밥이라니. 그릇 안에 소복이 담긴 흰쌀밥과 나물들, 참기름과 고추장이 800칼로리, 900칼로리, 말을 하는 것 같았다. 사정을 다 설명할 수도 없고 성의를 무시할 수도 없으니 난감했다. 젓가락으로 대충 비벼서 채소들만 간신히 집어 먹었다.
 "먹는 게 왜들 그래?"
 스님의 말씀에 이모의 그릇을 보았다. 내 것과 다르지 않았다. 이모와 나는 서로를 한 번 쳐다보았고 어색하게 숟가락질을 했다. 밥을 푹 뜨는 시늉만 하고 입에는 아주 조금만 넣었다. 이름 모를 산새의 울음소리가 식당 안으로 흘러들었다. 나는 스님의 관심을 돌리기 위해 말했다.
 "지금 들리는 건 어떤 새가 내는 소리인가요?"
 스님이 잠시 귀를 기울이다가 말했다.
 "진짜 새가 아니고 녹음한 거 틀어 놓은 거다. 여기 새는 죄다 가고 없지. 저것 때문에."

스님이 눈짓으로 가리킨 곳에 케이블카가 지나가고 있었다.
"토끼는요? 토끼도 없나요?"
내가 물었다. 스님이 고개를 갸웃했다.

이모가 숟가락을 내려놓았다. 밥이 꽤 남아 있었다. 스님이 이모를 가만히 보았다. 이모는 잠시 무슨 말을 하려는 표정을 지었다가 휴대폰을 꺼내서 메모장에 뭔가 적었다.
— 화장실
그것을 보여 주며 배를 문질렀고 얼굴을 살짝 찡그렸다. 그리고 이내 어색하게 웃었다. 배불리 먹으면 화장실에 가고 싶어질까 걱정된다는 뜻이었다. 희미하고 옅어서 허전한 미소. 이모가 저렇게도 웃는구나 싶었다. 웃어야 해서 웃을 때 이모는 저런 얼굴이 되는구나.
"나랑 가면 되잖아. 뭐가 문제야?"
나도 모르게 말해 버렸다. 이모가 생리 현상을 처리하는 걸 제대로 본 적도, 도와 본 적도 없으면서 덜컥 그렇게 말했다. 무슨 자신감이었을까. 그때 나는 왠지 모르게 화가 났던 것 같다. 오기를 부리고 싶었는지도 모르겠다.
"그래, 그럼."
이모는 선선히 대답하고 밥 한술을 크게 떠서 입에 넣었다. 양 볼에 가득 찬 밥을 우물우물 씹어서 삼키고는 내게 말했다.
"너도 얼른 먹어."

17

 이모는 밥알을 한 톨도 남기지 않았다. 이모가 저렇게 잘 먹는 사람이었나. 뭐랄까. 기세 좋게 먹었다. 그 기운에 이끌려 나도 절반 정도는 먹게 됐다.

 어쩐지 고추장을 많이 넣는다 싶더니 이모는 식사를 마치자마자 화장실에 가야겠다고 했다. 이모의 볼일을 도운 다음에 토를 해 볼 작정이었다. 그렇게 생각하니 속이 조금은 덜 부담스러웠다.

 화장실에 들어가 장애인 칸을 열고 이모를 정면에서 안아 일으켰다. 아니 안았다기보다는 들어 올렸다. 이모의 상반신이 나를 향해 쏟아졌다. 이모도 나름대로 힘을 쓰는 중이었지만 내게 몸을 기댈 수밖에 없었고, 이모의 체중과 버티는 힘이 더해져 가느다란 내 몸이 자꾸만 뒤로 밀렸다. 내가 넘어지면 우리 두 사람 모두 다칠 수 있었다. 움직일 수 없는 하체를 변기까지 옮기기 위해 애쓰는 이모의 힘이 내 예상을 한참 웃돌았다. 등이 아프고 다리가 후들거렸다. 이모 겨드랑이에 끼운 팔이 으스러질 듯 아파서 앓는 소리가 절로 났다. 절대 풀 수 없는 문제를 받았을 때처럼 눈앞이 캄캄했다.

 어쨌든 이모는 변기에 앉았다. 나의 도움보다는 이모의 요령 덕분이었다. 이모가 바지를 내리는 것을 도와준 다음 밖에서 기다렸다. 부러 목구멍에 손가락을 넣지 않아도 토가 나올 것 같았다. 지금 해 버릴까? 힘들어서라는 핑계를 대면 자연스러울 것도 같은데. 고민하는 사이 이모가 나를 다시 불렀다. 변기에 앉히기까지의 과정을 반대로 해서 이모는 휠체어에 탔다. 하늘이 노랬다. 이걸 아무렇지 않게 하던, 적어도 그렇게 보이던, 엄마와 할머니가 조금 존경스러웠다.

"나도 일 좀 보고 갈게."

이모에게 말했다. 이모는 먼저 법당에 가 있겠다고 했다. 이모가 멀찍이 간 걸 확인하고 변기 앞에 무릎을 꿇었다. 손가락을 목구멍에 집어넣었다. 나오는 건 침과 위액뿐이었다. 다시 해 봐도 마찬가지였다. 물을 너무 적게 마신 탓인지, 이모를 돕느라 안간힘을 쓴 탓인지, 음식물이 나오지 않았다.

불안이 밀려들었다. 급격하고 사납게. 좁은 화장실 칸의 사방이 조여 와 나를 짓눌러 터뜨릴 것 같았다. 아니 내 몸이 화장실을 무너뜨릴 만큼 비대해질 것 같았다. 숨이 가빠 오고 손이 떨렸다. 심호흡, 심호흡을 해야 해. 이모가 기다리고 있어. 하지만 몸이 말을 듣지 않았다. 그때였다.

휴대폰이 울렸다. 화면 상단에 인스타그램 알림창이 떴다. 이모가 나를 '팔로우' 했다는 알림이었다.

18

 명치가 따끔거렸다. 토를 못 해서인지 이모의 인스타그램이 신경 쓰여서인지. 가슴과 배 사이를 문지르며 대웅전으로 갔다. 이모는 이미 불상 앞이었다. 누가 도와줬는지 휠체어에서 내려와 두툼한 자주색 방석 위에 엎드린 자세로 기도를 하고 있었다. 활짝 열린 중문으로 쏟아져 들어온 빛이 이모를 덮었다. 휴대폰 카메라로 이모의 모습을 찍었다.

 인스타그램을 켰다. 이모의 계정에는 피드가 하나뿐이었다. 피드 목록 위에 '2023'이라고 제목을 붙인 스토리 모음이 보였다. 화면을 빠르게 두드려 모두 넘겨 봤다. '2022'도 봤다. 스토리들 중에는 거짓말인 것도 있었고 아닌 것도 있었다. 하나밖에 없는 피드도 눌러 보았다. 친구들로 보이는 사람들과 웃으며(몇 명은 울고 난 얼굴이었다) 찍은 사진이었고, 그 아래에는 '멀리, 편히'라고 적혀 있었다. 나는 그 단어들을 작게 소리 내어 읽었다. 입에 잘 붙는 말들. 나지막이 몇 번 더 말해 봤다.

 밖은 덥고 습했지만 법당 안은 쾌적했다. 열어 놓은 문 사이로 딱 좋은 만큼의 바람이 드나들었다. 이모는 방석 하나를 끌어다가 내게 건넸다. 푹신한 방석 위에 무릎을 꿇고 앉았다.
 "너도 소원 빌어."

"그런 거 없는데."

"아무거나 빌면 되지."

"이모는 뭐 빌었는데?"

"몰라도 돼."

뭐야 그게. 나는 책상다리로 고쳐 앉고서 불상을 올려다봤다. 봐도 봐도 알 수 없는 표정을 하고 계시는군요. 그렇지만, 등에 닿는 바람과 햇살 때문인지 웃는 얼굴처럼 보이는 듯도 했다.

"노래 불러 줄까?"

이모가 말했다. 내가 대답하기도 전에 이모는 노래를 시작했다. 이모의 노래를 듣는 건 처음이었다. 모르는 노래였다. 허밍처럼 들리는 노랫소리. 가사를 다 알아듣지 못했지만 듣기에 좋았다. 무척이나 좋았다. 노래를 부르는 내내 이모의 작은 손이 내 가느다란 손목을 쥐고 있었다.

노래가 끝났다. 나와 이모는 말없이 앉아 있었다. 나는 이모의 손에서 내 손목을 슬쩍 빼냈다. 그 동작은 자연스러웠으나 일순간 마음을 허전하게 했다. 이모를 향한 미움이라고 착각했으나 아마도 그리움이었을 감정이 해소된 자리가 텅 빈 느낌이었다. 내가 얼마나 부정적인 에너지에 기대어 살고 있는지 실감이 났다. 가짜 새 울음소리가 다시 들렸다. 생활 트래핑 아이들과의 관계를 끝내는 게 좋겠다고 생각했다. 학교를 그

만두는 선택도 있을 것이다. 그 뒤에 나에게 무엇이 남을지는 몰라도.

그런 생각에 빠져 있을 때, 이모가 뜬금없는 제안을 했다.

"우리 전화기 꺼 버릴까?"

하산하는 동안에는 산과 우리만 온전히 남도록 하자고. 음, 나쁘지 않은 생각이야. 그런데 방법이 좀 이상했다. 전원 버튼으로 끄는 게 아니라, 이것저것 누르고 열고 닫아서 강제로 방전을 시키는 것이었다. 켜고 싶어도 켤 수 없도록.

나와 이모는 휴대폰을 쥐고 마주 앉아서 누가 빨리 끄나 시합을 했다. 이모는 동영상을 재생해 놓고 댓글 창을 눌렀다 닫았다 했고, 나는 터치 게임을 플레이했다. 그러다가 그만, 일반적인 상황이었다면 받았을 리 없는 전화 한 통을 받고 말았다.

혜영의 전화였다.

오후 3시 반. 시간이 벌써 그렇게 되었나. 6교시까지만 있는 수요일이라 학교를 마쳤을 시간이었다.

"몸은 괜찮아?"

오전에 울었던 사람이라고는 믿기지 않을 만큼 목소리가 밝았다. 이모와 눈이 마주쳤다. 친구? 이모가 입 모양으로 내게 물었다. 나는 눈을 감았다 뜨며 고개를 한 번 끄덕였다. 나는 마음속으로 놀랐다. 친구라고? 그걸 내가 인정했다고?

"그냥 그래."

차분하게 대답했다. 휴대폰 너머로 와, 말했다! 하는 목소리가 조금 멀리서 들려왔다. 다해와 정연이 하는 말이었다. 내가 말을 한 게 신기한가. 그러면서 전화는 왜 했대. 마음에서 뿔이 나는 것 같았고 그럴 만도 했지만 실은 그렇지 않았다. 이모의 표정을 보니 내 얼굴에 미소가 스친 모양이었다.

"내일은 오는 거지?"

혜영이 물었다.

"응. 갈 거야."

이번 대답은 조금 더 빨랐다. 온대, 온대! 다해와 정연의 호들갑을 뒤로하고 전화를 끊었다. 곧바로 휴대폰이 꺼졌다. 이모의 휴대폰으로 아까 이모가 불러 준 노래의 라이브 영상을 두 번 봤다. 이모의 휴대폰도 꺼졌다.

19

대웅전에서 내려오는 길에 스님을 보았다. 스님은 마당에서 동자승들에게 우산 쓰는 법을 가르치는 중이었다. 자그마한 몸집에 걸맞은 우산들에는 악어와 공룡과 판다와 다람쥐가 제각각 그려져 있었다. 아이들은 낑낑대며 우산을 펴고 머리 위로 들어 올렸다가 다시 접었다. 우산 다루는 데 서투른 아이들이 재미없어요, 스님이 해 줘요, 볼멘소리를 냈다. 스님은 말을 안 들으면 햄버거를 주지 않겠다고 으름장을 놓았다.

얌전해진 아이들이 우산을 펴고 접고 다시 폈다. 이모와 나는 그 모습을 먼발치에서 봤다. 사랑스러운 장면을 본 기분. 온몸이 잠깐 간지러웠다. 스님과 눈이 마주쳤고 인사를 했다. 나는 고개를 숙였고 이모는 손을 흔들었다. 스님은 합장으로 받아 주었다.

 큰 바람이 한 번 불었다. 동자승들이 펼쳤던 우산이 한꺼번에 날아갔다. 바람은 금세 잦아들었지만 아이들이 까르르대며 우산을 쫓아다니는 통에 경내가 소란스러워졌다. 다람쥐 우산이 우리 앞으로 굴러왔다. 이모가 휠체어를 움직여 우산을 멈춰 세웠고, 내가 주워서 흙을 털었다. 우산의 주인인 아이가 만면에 웃음을 띠고 달려왔다. 우산을 접어서 건네자 배꼽인사를 했다. 아이가 법복 주머니에서 뭔가 꺼내더니 내 손에 꼭 쥐여 주었다.

 검은 돌이었다.

 내가 갖고 싶었던.

 아이는 달려가서 스님의 품에 안겼고 나는 이모를 쳐다봤다. 이모가 미소를 지었다. 나는 이모에게 말했다.

 "찾았어."

3부

이모와 보내는 계절

1

눈이 내렸다. 기록적인 폭설이라 했다. 어떤 기록을 기준으로 말하는 건지는 제대로 듣지 못했다. 그런 게 뭐 중요할까. 하늘이 하얗게 하얗게 가득 차는 것을 눈으로 보았다. 외할아버지가 돌아가신 날이었다.

그날 아침 이모의 첫마디는 감기 걸렸다,였다. 자기 전까지는 분명 괜찮았는데 일어나 보니 목이 꽉 막히고 콧물이 줄줄 흐른다고 했다.
일요일이라 문을 여는 병원을 찾기가 힘들었다. 찾는다 해도 이모가 쉽사리 진료를 받을 수 있으리라는 보장도 없었다. 도보로 갈 만큼 가까운지, 입구에 계단이나 단차가 없는지, 휠체어가 들어가도 넉넉할 엘리베이터가 있는 건물인지, 대기 환자가 너무 많지는 않은지……. 이런 걸 고민하며 병원을 골라야 하는 이모는 갑작스레 찾아오는 감기나 복통 앞에서 속수무책이 되기 일쑤였다. 그 무력감은 이모의 심사를 정도 이상으로 뒤틀리게 했다. 게다가 눈을 품은 먹구름에 덮인 하늘은 한껏 낮았다.

아프면 짜증이 느는 이모는 이제 내게도 그 짜증을 숨기지 않았다. 그건 어쩔 수 없이 나의 짜증도 불러일으키는 일이지만, 돌아서서 생각하면 기분이 좋아지는 일이기도 했다. 어찌 되었든 다른 말을 붙여 봐야 좋을 것도 없어서 곧장 약을 사러 갔다. 할머니의 이름과 똑같은 약국의 문이 열려 있었다.

명선 약국에서 산 약은 이모에게 잘 듣지 않았다. 오후에 할아버지의 부고를 들었고 장례를 치르는 내내 이모는 코를 훌쩍였다. 사람들은 이모가 계속 우는 줄로 알았지만 그건 사실과 달랐다. 이모는 울지 않았다. 적어도 내가 본 바로는 그랬다.

이모의 마음이 구체적으로 어떠했는지 내가 다 알 수는 없다. 이모가 가장 많이 한 말은 '피곤하다'였다. 감기약이 효과는 없으면서 졸립기만 하다며 자주 투덜댔다. 그러면서도 때가 되면 꼬박꼬박 약을 챙겨 먹었다. 그러고는 충혈된 눈으로 하품을 참으며 빈소를 지켰다. 연로하신 데다 눈물까지 많이 흘려 지치신 할머니는 가족실에 자주 몸을 뉘여야 했다. 장례의 절차를 챙기고 돈 계산을 하느라 자리를 자주 비웠던 엄마를 대신해 가장 많은 조문객을 맞은 사람이 이모였다. 그리고 그 곁에 내가 있었다.

나는 이모 옆에서 자잘한 심부름을 했다. 두 개의 계절을 건너는 동안 이모와 나는 손발이 잘 맞게 되었다. 장례식장에서도 우리는 호흡이 좋은 콤비였다. 하지만 그건 우리만의 생각이었는지도 모른다. 장례 진행에 가장 도움이 안 되는 가족 둘이 덩그러니 앉아 있는 것처럼 보였을 수도 있다. 그래도 우리가 할아버지 곁을 가장 오래 지킨 사람들이라는 사실은 변하지 않는다.

물론 대체로 힘든 시간이었다. 무거운 분위기, 딱딱한 바닥, 마음대로 조절할 수 없는 온도와 습도. 하지만 가장 어려운 건 역시나, 사람들이었다.

대부분의 사람들은 조용히 조문을 하고 갔지만 안 해도 괜찮을 말을 굳이 하고 가는 이들도 있었다. 그 말들은 대개가 이모를 향했다. 그들은 이모의 생활을 걱정하거나, 할아버지가 이모를 키우느라 들인 고생을 치하하거나, 이모의 작고 굽은 몸을 향해 대견하다는 말을 했다. 모두 다 이모가 지긋지긋해하는 말들.

"쓸데없는 말 하면 벌금 내는 법을 만들어야 돼."

이모는 할아버지의 지인 한 무리가 다녀간 다음 이마를 짚으며 그렇게 말했다. 나는 입을 가리고 잠깐 웃었다. 그런 순간들이 몇 번 있었다. 이모와 나 사이의 비밀이었다.

집으로 돌아온 우리는 만두전골을 먹었다. 부고를 듣기 몇 분 전에 배달시킨 음식이었다. 그 음식은 우리가 장례식장으로 출발한 뒤에 도착했다. 그래서 사흘 동안 집 문 앞에 덩그러니 놓여 있었다.
"먹어도 되려나?"
이모가 말했다.
"될 리가 없지."
내가 말했다. 하지만 막상 뚜껑을 열고 비닐을 풀어 보니 냄새도 맛도 이상하지 않았다.
"기온이 줄곧 영하이긴 했으니까."
"내내 영하였다고?"
"아마 그럴걸."
별 도움이 되지 않는 말들을 주고받으며 우리는 누가 먼저랄 것도 없이 냄비에 전골을 붓고 하이라이트를 켜서 팔팔 끓였다. 우리가 없는 사이 냉골이 된 집에 수증기와 조미료 냄새가 퍼졌다. 편한 옷으로 갈아입고 소반을 폈다. 냄비와 앞접시, 간장 종지를 놓고 이모와 내가 마주 앉았다.
"잘 먹겠습니다."
내가 말했다.

"잘 먹을게. 아버지."

이모가 말했다. 우리는 냄비 안에 든 만두와 단호박과 청경채 따위를 건져 먹고 국물도 훌훌 마셨다. 칼국수도 넣었는데 금세 퍼지고 뚝뚝 끊어져서 많이 남겼다. 배불러. 속이 따뜻하네. 혼잣말처럼 한마디씩 하고 낮잠을 잤다. 깨어난 다음에 배탈이 나서 다음 날까지 앓았다.

2

이모의 몸이 내 몸보다 조금 더 빨리 회복되었다. 몇 시간 차이이긴 했으나 배앓이에서 벗어난 이모와 그렇지 못한 나의 안색은 확연히 달랐다.

"아직은 먹는 걸 조심해야 했나?"

화장실을 들락거리는 내게 이모가 미간을 찌푸리며 말했다. 미안할 때 짓는 표정이었다.

"그렇지는 않을 거야."

내가 대답했다. 이모는 내 말을 그다지 믿지 않는 표정이었고, 사실은 나도 그랬다.

저녁은 먹을 수 있을 것 같아서 조금 남은 흰죽을 버리고 밥을 안쳤다. 이모와 내가 함께 쓰는 작은 밥솥이 츄츄츄 소리를 내며 밥을 짓고 있는 사이 달걀말이를 할지 달걀찜을 할지 고민했다. 아무래도 기름을 쓰지 않는 음식이 좋겠지? 이런 고민을 하는 걸 보니 배가 다 나았구나 싶어서 기분이 조금 나아졌다.

냉장고에서 달걀 세 알을 꺼내던 중에 엄마에게서 전화가 왔다. 나는 전화를 받다가 달걀을 하나 놓치고 말았다. 그 바람에 통화 연결 직후에 엄마가 들은 건 내 비명 소리였다.
"왜! 무슨 일이야!"
엄마의 놀란 목소리는 다른 사람보다 더 절박한 구석이 있다. 오랜만이라는 생각이 들며 내심 반가웠다. 엄마를 달래기 위해 눈앞의 상황을 차분히 설명했다.
"너까지 왜 사람을 놀래키니!"
엄마의 말끝에 울음이 맺혀 있었다.

나보다 앞서 엄마를 놀라게 한 사람은 할머니였다. 할머니가 눈길에 넘어지셨다는 것이다. 골반뼈에 실금이 가서 일단 입원을 하셨으니 병문안을 오는 게 어떻겠느냐고 물었다. 엄마는 계속 병원에서 먹고 자고 할 거라 했다.
"애들 올 필요 없다. 너도 집에 가라."
할머니 목소리가 들렸다.
전화를 끊고 외투를 챙기러 방에 들어갔다. 행거에서 패딩 점퍼를 꺼내는 내게 이모가 말했다.

"밥 먹고 가자."

나는 점퍼를 손에 든 채 이모를 멀뚱히 쳐다보았다. 이모도 갈 거야? 말할 뻔했다. 간신히 참았다. 그 말을 하면 이모가 안 간다고 할 것 같아서였다. 사실 이러거나 저러거나 이모의 마음이었다. 이모와 할머니의 사이가 어떻든 내겐 큰 상관없었다. 그렇다고 믿어 왔다. 하지만 막상 이모가 가지 않는다고 생각하니 좀 싫기도 했다. 쓸쓸한 기분이랄까. 그게 나의 것인지, 할머니의 것인지는 몰라도 이모가 같이 가면 조금 나을 것 같았다.

밥을 꼭꼭 씹어 먹는 이모는 뭔가 중요한 일을 대비하는 사람처럼 보였다. 이모의 마음이 궁금했다. 이모와 할머니 사이에 내가 모르는 어떤 변화가 일어난 걸까? 할아버지의 장례 기간에 두 사람이 이야기를 나누는 걸 본 기억은 없었다. 나와 이모는 줄곧 붙어 있었으므로 그 기억은 정확할 것이었다. 할아버지의 부재가 이모의 마음에 어떤 동요를 일으킨 걸까. 밥 위에 달걀찜을 얹어 먹으며 그런 것을 생각했다.

3

이모는 할머니를 미워한 적이 없다. 그건 내게 꽤 놀라운 사실이었다. 이모가 할머니를 뼛속까지 싫어하지 않는다는 건 어렴풋이 알고 있었다. 하지만 조금은 미워할 수 있지 않을까?

나도 엄마를 자주 미워했는데. 지금도 그러는데. 미워할 수 있잖아. 가족끼리도. 가끔은 남보다 더 밉기도 하잖아. 그렇기에 나는 한 번도 생각해 본 적이 없었다. 할머니를 미워하지 않는 이모를.

"내가 엄마한테 어떻게 그래."

이모는 차창 밖 어딘가를 보면서 그렇게 말했다. 택시가 천천히 병원 앞에 멈추었다.

할머니는 세상 사람들로부터 갖은 미움을 받으며 살아왔다. 그건 결코 원만하다고 할 수 없는 할머니의 성정과 무관하지 않았지만 그것으로만 설명하기엔 할머니의 입장에서 억울한 부분도 있었다. 할머니가 받아 온 따가운 시선과 날카로운 말들의 절반 이상이 자신 때문에 생긴 것이라고 이모는 생각했다. 그와는 반대로, 이모가 겪어야 했던 편견과 차별이 모조리 당신의 책임이라고 할머니는 믿었다. 나는 두 사람이 통과한 아프고 쓰리고 나쁜 것들이 어떻게 시작되고 어떻게 끝날 것인지 알 수 없겠지만, 그것들이 주는 통증의 크기는 흐릿하게나마 느낄 수 있었다. 이모와 함께 살기 시작하면서 알게 된 것이었다.

병실의 분위기는 화목함과는 거리가 멀었다. 숨 한 번 크게 쉬기 힘들 정도로 공기가 무겁진 않았지만 적막하고 조용했다. 하지만 이모와 할머니가 서로를 미워하지 않는다는 사실을 알게 된 것만으로도 한결 편안했다. 나는 엄마가 가져다준 귤을 까서 할머니와 이모에게 하나씩 줬다. 엄마가 내게 귤을 까 주었고 나는 그걸 받아먹었다. 엄마의 눈동자에 기쁨과 불안이 함께 지나가는 걸 보았다. 귤 하나를 더 까서 엄마에게 줬다. 네 사람의 귤 씹는 소리가 고요한 병실을 채웠다. 꿀꺽. 귤을 삼킨 이모가 할머니에게 말했다.

"어쩌다 그랬어."

그와 동시에 할머니도 이모에게 물었다.

"어떻게 살고 있냐."

포개진 두 개의 목소리가 퍽 닮아서 하나의 입에서 두 가지 말이 나오는 마술을 본 듯했다. 엄마에게 그 말을 하니 엄마는 그걸 이제야 알았냐고 그랬다. 목소리는 마음의 지문. 어디선가 들은 적 있는 말이 머릿속에 지나갔다. 할머니와 이모. 어머니와 작은딸. 두 사람에게 공통으로 새겨진 시간을 잠시 상상했다.

4

할머니는 일생 동안 많은 일을 했다. 나는 그게 좀 이상했다. 이모를 돌보느라 다른 일을 하기가 쉽지 않았을 것 같아서였다. 하지만 상황은 정반대였다. 이모를 돌보기 위해 할머니는 돈을 벌어야 했다. 할머니가 한 일은 당신이 바란 적 없던 종류의 일들이었다. 할머니에게 일은, 일종의 굴레였다.

역사 선생님을 꿈꿨다는 할머니는 "그 시절에는 다 그랬니라."로 요약되는 사정에 의해 학교를 제대로 다니지 못했다. 엄마가 태어나고 젖을 뗀 다음에야 할아버지를 조르고 졸라서 유아들이 읽는 책을 만드는 출판사에 취직했다. 푼돈 벌겠다고 생떼 같은 딸을 탁아소에 맡기고 나왔냐는 핀잔 섞인 농담을 들어도 할머니에겐 가장 행복했던 시절이었다. 그러나 취업을 한 지 1년 만에 이모를 가졌고 출산 과정에서 일어난 의료 사고로 인해 장애를 가진 아이의 엄마가 되었다. 직장은 관둘 수밖에 없었다.

그 뒤로 할머니의 일은 아르바이트나 파트타임이었다. 비정규라는 말로 요약되는 살얼음 같은 계약이 직업인으로서의 할머니를 설명했다. 할머니에게는 위생과 맛보다 속도와 양이 중요한 음식들을 만들거나, 눈과 코를 닫고 싶어지는 것을 치우는 종류의 일들만이 주어졌다. 돌보다가 나와서 돌보다가 들어간다. 할머니의 하루는 그렇게 반복되었다.

그리고 할머니는 또다시 누군가를 돌보는 일을 하다가 몸을 다쳤다.

할머니의 마지막 직업은 '독거노인생활관리사'였다. 길고 복잡한 그 이름을 말하면서도 할머니는 단 한 번도 더듬지 않았다. 자신의 일을 소개할 때의 할머니의 목소리는 항상 쾌청하고 낭랑했다. 모르는 사람은 할머니가 하루에 한 갑씩 담배를 태우는 애연가라는 걸 믿지 못할 것이다. 목소리만 들어도 할머니가 그 일을 마음에 들어 한다는 걸, 정확히 말해서 그 일의 이름을 말하기를 좋아한다는 걸 알 수 있었다.

　길고 복잡한 데다 '사' 자로 끝나는 직업. 그것이 할머니에게는 자부심이었다. 하지만 현장에서 해야 하는 일은 할머니가 일생 동안 해 왔던 어떤 일과 비교해도 모자라지 않은 만큼 고되었다. 할머니는 홀로 살아가는 노인 25명의 집에 주 1회 방문해서 그들의 안전을 확인하는 일을 했다. 말이 일주일에 한 번이지 통화 연결이 되지 않으면 당장 달려가야 했다. 그리하여 할머니는 하루에 1만 5천 보씩을 걸었다. 날씨가 궂어질 조짐이라도 보이면 집으로 몸을 피하는 대신 맡고 있는 노인들에게 달려갔다. 일을 시작한 지 3년, 그사이에 할머니는 자신을 고용한 기관에서 정한 연령 제한을 넘어서는 나이가 되었다. 이제 할머니는 관리하는 사람이 아니라 관리를 받아야 하는 사람이었다.

　사실 출생 신고 자체를 늦게 했던 할머니는 처음부터 일을 할 수 없는 나이였다. 하지만 일에 대한 할머니의 집착은 실로 대단하여 임금을 반으로 삭감하는 대신 1년 더 계약을 연장하는 데 성공했다. 그리고 그 1년의 끝이 보이는 시점에 할아버지가 돌아가셨다. 할머니는 문자 그대로의 독거노인이 되었다.

복잡한 머리 탓인지 무거워진 걸음 때문인지 몰라도 일을 해내는 속도가 느려졌다.

그날도 할머니의 근무 태도를 체크하기 위해 3분마다 울려 대는 위치 확인 어플이 요란을 떨었다. 할머니는 시큰한 허리를 두드리며 살얼음이 붙은 계단을 모로 내려오다가 미끄러지고 말았다. 이대로 가는구나 싶었을 때 기관에서 전화가 왔다고 했다.

"어디세요, 관리사님?"

다정한 말이라곤 나눠 본 적이 없는, 나랑 많이 닮았다는 사무실의 젊은 여자 직원이었다. 그녀가 119 구급차를 보내 주었다. 덕분에 살았다고. 할머니는 반복해서 말했다.

5

할머니가 돌아가실 뻔했다는 사실은 엄마의 마음에 독 가시처럼 박혔다. 엄마는 화난 얼굴로 울면서 역정을 냈다. 지극히 엄마다운 반응이었다.

"엄마까지 가 버렸으면 나는 어떡하라고."

엄마는 그런 흉흉한 말을 하면서 나를 봤다. 짧게. 그러나 분명하게. 내 마음에도 뭔가가 와서 박히는 기분이었다. 엄마는 말하고 있었다. 외롭다고. 알고 있다. 하지만 아직은 그 마음을 마주 보기가 어렵다. 나는 이모와 조금 더 살아야 했다.

그러고 싶었다.

　출렁이는 분위기를 바꾼 사람은 이모였다. 이모는 할머니가 수액을 다 맞았다는 걸 내게 알렸다. 나는 호출 벨을 눌러 간호사를 불렀다. 할머니의 손등에는 피멍 몇 개가 꽃처럼 번져 있었다. 이모가 그것을 가만히 보았고, 할머니는 슬그머니 이불 속으로 손을 감추었다.
"일주일에 한 번이었다고?"
　이모가 할머니에게 물었다. 할머니는 얘가 무슨 소리를 하나, 어리둥절한 표정이 되었다가 질문의 뜻을 이해하고 대답했다.
"그래. 주에 한 번씩. 가서 커피도 나눠 먹고 오래된 쓰레기 있으면 버려도 주고. 그러다 먼저 세상 버린 양반들 있으면 집 근처에 서서 좀 울기도 하고."
"전화는 두 번?"
　이모가 또 물었다. 할머니는 이번에는 고개만 한 번 끄덕였다. 먼저 가신 어르신들이 잠시 눈앞에 스쳐 가는지 눈동자가 촉촉했다.
"이제 나한테 해."
　이모가 말했다.
"일주일에 한 번이야. 오기 전에 미리 연락하고. 전화는 못 받을 수도 있어. 그래도 막 찾아오진 마."

이모가 덧붙였다. 할머니는 잠시 멈췄다. 말 그대로 가만히 멈췄다. 그리고 말했다.

"옘병하고……."

할머니는 나와 이모에게서 등을 돌리며 누웠다. 할머니의 얼굴은 침대 반대편에 있던 엄마가 보았다. 엄마가 나를 보며 슬쩍 웃었다. 네가 윤재 집에서 뭔가를 하긴 하고 있었구나? 그렇게 묻는 표정. 나는 그저 이모와 같이 살기만 할 뿐이라고 말하고 싶었으나, 그건 또 엄마를 좀 서운하게 할 말인 것 같아서 입을 다물었다.

6

할머니는 과연 할머니다운 성실함으로 매주 한 번씩 찾아왔다. 이모에게 미리 연락하는 것도 잊지 않았다. 문은 내가 열었다. 이모는 외출용 옷을 갖추어 입고 거실에 앉아서 기다렸다. 할머니는 셋이서 나눠 먹으면 딱 맞춤할 양의 음식을 사 왔고, 우리는 그걸 나누어 먹었다. 김밥과 쫄면, 돈가스와 우동, 순대와 떡볶이. 별다른 이야기는 나누지 않았다. TV를 켜서 나오는 방송 프로그램 하나를 끝날 때까지 봤다. 어떨 때는 처음부터 보게 됐고 어떤 날에는 거의 끝나 가는 걸 보게 됐다. 어쨌든 프로그램이 끝나면 할머니는 집에 갔다. 할머니는 일어나서 나가는 동안 집안 여기저기를 무심하게 훑어봤다. 아무 말하지 않았지만 나는 그곳이 청소가 덜 된 데라는 걸 알았다. 할머니가 간 뒤에 청소를 했다. 그러면 집이 조금 더 말끔해졌다. 인정하지 않을 수 없었다. 나와 이모는 그 사실이 싫지 않았다.

일주일에 한 번 만나는 사람은 또 있었다. 할머니의 방문보다 더 오래된 나의 루틴. 나의 유일하고 일정한 외출 이유. 생활 트래핑 아이들과의 약속이었다.
"친구들 만나러 가?"
이모가 물으면,
"응."
스스럼없이 대답했다. 나는 그 아이들을 친구라고 생각한다. 그 아이들도 나를 그렇게 생각한다. 그것은 생각 이상으로 나의 많은 것들을 낫게 했다. 전부도 아니고 완전히도 아니지만. 어차피 모든 것이 말끔하게 좋아질 리 없다는 건 이제 나도 알고 있다. 그걸 아는 것도 도움이 된다.

학교를 자퇴했기 때문에 그 아이들을 매일 볼 수는 없었다. 대신 우리는 일주일에 한 번 모여 생활 트래핑을 했다. 장소는 찔레 공원. 밤이를 마지막으로 봤던 자리로 정했다. 내 의견이었다. 아이들은 이유를 묻지 않고 그러자 했다.
우리는 이제 제법 어려운 것들, 이를테면 물풍선처럼 터지기 쉽거나 골프공처럼 반발력이 큰 물건들도 능숙하게 받아 냈다. 혜영의 실력은 더 좋아져서 풍선껌 두 개를 한입에 씹은 다음 동그랗게 만들고 그걸 뱉은 뒤 발등으로 차올려 다시 씹는 묘기를 부렸다. 위생적으로 결코 좋아 보이지 않았으나 무척 신기해서 이따금씩 보여 달라고 했다. 혜영은 언젠가는 궁극의 트래핑인 순두부 받아 내기를 해낼 거라고 했다. 우리는 그날이 오기를 기대했고 응원했다.

우리의 모습을 고양이 세 마리가 지켜보는 날도 있었다. 밤이의 집에서 사는 아이들이었다. 그럴 때를 대비해서 주머니에 항상 츄르 세 개를 넣어 다녔다. 고양이들의 찹찹 소리와 친구들의 수다 소리를 듣고 있으면 손발 끝이 따뜻해졌다.

그럴 때면 생각했다.

이모의 손끝과 발끝을 데워 주는 사람들에 대해서.

7

학교는 축제 다음 날에 그만뒀다. 부모님과 이야기는 일찌감치 마쳤고 담임과도 상황 정리가 금방 됐다. 이모도 알고 있었다. 그 모든 과정이 아주 순탄했다고만은 할 수 없으나 어쨌든 나는 밀고 나갔다. 마음과 몸을 힘껏 써서. 삶을 향해.

생활 트래핑 친구들에게 말하는 게 힘들어서 결국 당일까지도 그 애들에게 알리지 못했다. 자퇴 서류를 제출하고 교실로 돌아와 가방을 챙기는 동안 혜영과 다해와 정연은 내 옆에 말없이 서 있었다. 어디 가? 조퇴하려고? 이런 말도 하지 않았다. 뭔가를 예감한 것처럼 우두커니 서 있기만 했다.

내가 가방을 어깨에 걸자 다해가 한 걸음 물러서서 길을 내주었다. 그 애들은 교문까지 나를 따라왔다. 교문 앞에 도착해서야 우리는 마주 봤다.

"어디 가냐고 안 물어봐?"

내가 말했다.

"너 이제 안 오는 거지?"

혜영이 말했다. 어떻게 알았지? 내 표정이 그렇게 말했을 것이고.

"꺼내 봐, 묵묵."

정연이 말했다. 묵묵은 나의 반려돌. 절에서 찾은 검은 돌의 이름이었다. 정연은 묵묵을 집어 들었다.

"얘는 우리들이 스무 살이 될 때까지 공동으로 보살필 거야."

묵묵을 보고 싶으면 일주일에 한 번씩 만나야 한다고. 묵묵은 정연의 손에서 다해의 손으로 건너갔고 혜영을 거쳐 내게로 돌아왔다. 그 순서대로 일주일씩 돌보기. 그리하여 나는 그 아이들과 약속으로 단단히 묶였다.

8

축제 부스는 즐거웠다. 그 일이 즐겁지 않았더라도 나는 친구들을 계속 만났겠지만, 축제의 이틀 동안 느낀 즐거움은 내게 낯설고 신비로운 종류의 기분이었다. 다신 갖지 못할 거라 믿었던 어떤 것이 어느 틈엔가 내 곁에 돌아와 있었다. 난 네 곁을 한 번도 떠난 적이 없어. 그런 말을 뻔뻔하게, 하지만 밉지 않게 하는 친구를 만난 것 같았다.

우리 부스의 콘셉트는 노래방이었다. 우리가 노래를 부르진 않았다. 우리의 역할은 호응과 환호였다. 우리는 각각 코주부 안경, 말 가면, 알이 무지막지하게 큰 선글라스, 눈을 덮을 정도로 큰 두건을 착용하고 부스에 찾아온 손님들의 노래를 들었다. 블루투스 마이크 하나와 태블릿만 있으면 되었다. 노래 분위기에 맞춰 탬버린을 흔들고 유명한 노래는 따라 불렀다. 다해와 정연의 아이디어였다. 나는 이게 될까, 누가 올까, 걱정했지만 결과는 대성공이었다. 소문을 듣고 찾아온 교감 선생님이 젝스키스의 '컴백'을 부르고 간 건 전설 같은 이야기가 됐다.

우리는 우수 부스로 뽑혀서 상금 5만 원을 받았다. 그 돈을 들고 분식집에 가서 만 원어치의 음식을 주문했다. 나는 먹지 않았다. 그리고 아이들에게 처음으로 나의 섭식 장애를 고백

했다. 이모에게도 아직 분명히 밝히지 않았던 때였다. 애들은 미안해하며, 거의 반강제로 남은 돈 모두를 내게 주었다. 내가 뭔가를 편하게 먹을 수 있는 때가 되면 쓰라는 말과 함께였다.

9

우리가 어떻게 친구가 되었느냐면. 아니. 내 마음에 오래오래 쌓아 두었던 둑이 어쩌다 와르르 무너져 내렸느냐면.

이모와 채운사에 다녀온 다음 날에 혜영이 우리를 불러 모았다. 목요일이었기에 정식 모임은 아니었다. 그러므로 트래핑은 하지 않았다. 조회대에 둘러앉았고 나는 이야기를 들었다. 혜영이 울었던 이유에 대해서였다. 그것은 내가 듣자마자 좋아하게 된 이야기였다.

열심히 이야기를 들을 마음은 없었다. 조회대까지 가는 것만으로도 용기가 필요했다.

"그 아이들이 보여 준 호의에 최소한의 보답은 해야지?"

이모에게 들었던 말을 계속 되새겼다. 내게 잘 대해 주려고 애써 줘서……. 거기까지는 생각을 했는데 어떻게 말을 맺어야 할지 고민이었다. '고마워'가 좋을지 '고마웠어'가 좋을지. 하지만 나는 그 말의 첫 글자도 말하지 못했다.

"아니, 글쎄. 애들이 있잖아."

혜영이 다해와 정연을 콕콕 가리키며 말했다. 서운하고 억울한 표정이었다. 그에 반해 다해와 정연은 키득키득 웃기 바빴다. 조금 발그레한 얼굴들을 하고서.

"아. 너네 자꾸!"

혜영이 속 터져 죽겠다는 듯이 소리쳤다. 하지만 이내 다해와 정연을 닮은 얼굴로 웃었다.

사연은 이러했다.

혜영에게는 아주 오래전에 발견했고 아무에게도 말하지 않은 비밀이 하나 있었다. 선생님 두 분의 연애 이야기였다. 한 분은 우리 반에도 수업을 들어왔고, 한 분은 1학년만 가르쳤다. 혜영이 둘의 사이를 눈치챈 것은 3월이었고 확신한 건 4월이었다. 그걸 어떻게 알았어? 물어보고 싶었다. 하지만 입을 떼지는 못했다. 마음이 예전만큼 꽉 닫힌 건 아니었지만, 그렇다고 활짝 열린 것도 아니었고, 무엇보다 나는 그 애들과의 관계를 정리하러 나간 것이었다. 그래도 확실한 건 내가 그 이야기에 귀를 기울이고 있다는 사실이었다.

"너희도 알지? 나한테 초능력 있는 거."

몰랐는데. 하지만 혜영은 이미 호들갑을 섞어 가며 말하고 있었다. 혜영의 초능력이란, 서로 좋아하는 사람들의 마음을 귀신같이 발견해 낸다는 것. 다해와 정연이 코웃음을 쳤고 나도 그 아이들과 비슷한 생각을 했다. 혜영은 아랑곳하지 않았다. 두 선생님이 맞춰 오는 은근한 커플 아이템들을 늘어놓았다. 무엇보다도 그들이 여태껏 단 한 번도 이야기를 나누는 모습을 본 적이 없다고 했다. 집요하리만치 서로를 모른 척한다고. 이야기가 갈수록 산으로 가는 느낌이었으나 혜영의 말과 생각이 좀 귀여웠다.

그 선생님들이 진짜로 연애를 하는지 안 하는지는 알 길이 없었다. 혜영의 말이 맞을 수도 있었다. 하지만 혜영에게 초능력이 없다는 건 확실했다. 혜영은 가장 가까운 두 사람의 사랑을 눈치채지 못했으니까. 그리고 그것은 혜영을 울린 이유가 되었다.

혜영이 비밀 아닌 비밀을 털어놓으며 열을 올리는 동안 다해와 정연은 어쩔 수 없이 둘만 아는 눈빛을 주고받게 되었다. 그게 참, 참으려고 해도 잘 되지 않는 일이었다고. 정연은 털어놓듯이 말했다. 다해의 오른손이 정연의 왼손을 살풋 덮었다가 물러났다.

"응? 너네 둘?"

내가 생각한 걸 혜영도 하루 전에 했고, 억장이 무너질 만큼 속이 상했다. 다해와 정연이 자신을 속여서? 아니. 아니었다. 그건 혜영의 눈물에 조금도 영향을 주지 않았다. 혜영은 다해와 정연이 자신을 못 믿어서 슬펐다. 자신이 그럴 만한 친구가 되어 주지 못한 것 같아 서글펐다. 언제 어디서나 안전한, 그런 기분을 느끼게 하는 친구이고 싶었는데. 그렇게 되고 싶어서 시작한 생활 트래핑이었는데……. 그게 속상해서 혜영은 엉엉 울었다.

혜영은 배낭에 고개를 묻고 짧고 굵게 울었다. 얼굴을 꺼냈을 때는 한결 개운해졌다고 한다. '지금이라도 알게 되어서 얼마나 다행이야. 내가 알게 되었다는 걸 애들이 싫어하지 않으니 얼마나 좋아.' 깜깜한 배낭 안에서 혜영은 생각했다. 손바닥으로 눈물을 찍어 내며 물었다.

"얼마나 된 거야?"

그렇게 세 사람은 해도 해도 즐겁고 다정한 이야기를 한참 나누었다. 그 이야기는 하루를 건너와 내게도 전해졌고, 나는 나도 모르게 마음속의 짐들을 하나씩 내려놓고 있었다. 늘 가지고 다니던 무거운 것들이 잠시 무게를 잃는 느낌이었다. 그냥 이야기에 푹 빠져서 듣고만 있어도 마음이 좋았다.

그날 저녁에 이모에게서 전화가 왔다.

"우리 집에 누가 다녀갔는지 아니?"

이모의 집에 다녀간 이는 둘, 진주와 신주였다. 그들이 또 사업을 말아먹고 이모를 찾아온 건 아니었다. 그렇다고 엄청난 성공을 거두고 자랑을 하러 온 것도 아니었다. 그럭저럭 사는 중이라 했고, 이모가 보고 싶어서 '그냥' 왔다고 했다. 그들은 정말로 그냥 왔고 이모에게 맞춤한 작은 선물 몇 개를 두고 갔다. 또 놀러 올게. 그렇게 말하고 갔다.

"우리 같이 살까?"

통화 끝 무렵에 이모가 말했다.

"어디서?"

내가 물었다.

"어디긴. 내 집이지."

이모가 말했다.

"고민해 볼게."

그렇게 말하고, 사흘 동안 고민한 다음 나는 작은 가방을 두 개 싸서 이모의 집으로 향했다.

10

이모가 사는 동네는 높은 곳에 있었다. 버스 정류장에서 길을 따라 올려다보면 빌라 건물 뒤로 산이 보였다. 산을 향해 경사가 조금 급한 오르막길이 이어졌고 양옆으로는 좁은 길들이 세 개씩 뻗어 있어 여섯 개의 작은 구역으로 나뉘어 있었다.

이모가 사는 빌라 건물은 왼쪽 꼭대기 구역에 속했다. 이동이 불편한 이모가 굳이 높은 데 있는 집에 살기로 한 이유는 무엇이었을까? 집값 때문이라고 생각했지만 사실이 아니었다. 그 집은 오히려 비싼 편이었다. 엘리베이터가 있는 건물이었기 때문이다. 이모에게는 엘리베이터가 필요했고, 그래서 위치가 나쁜데 비싸기까지 한 집을 구한 것이었다. 1년에 한 번은 고장이 난다는 엘리베이터. 다행히 이모가 갇힌 적은 없지만 언제든 갇힐 수 있다는 걱정을 해야 했다. 엘리베이터 고장은 이모에게 불편 그 이상의 사건이 될 수 있었다. 그리고 긴 외출을 마치고 온몸이 땀으로 젖었던 날, '점검 중'이라는 세 글자를 보고선 조금 울었다고 했다.

그날이 내가 이모에게 3년 만에 연락을 한 날이었다. 전화를 끊고 이모는 멈춘 엘리베이터 안에서 내 목소리가 들리는 것 같은 착각을 했다고 한다.

부실하긴 해도 꼭 필요한 엘리베이터가 있는, 이모의 집이 나는 꽤 좋았다. 가장 좋아하는 곳은 주방이었다. 거실과 주방의 구분이 없는 구조이긴 했지만 싱크대와 하이라이트가 있는 곳을 달리 다른 이름으로 부를 수는 없었다. 주방에서 과일을 씻거나 냄비를 씻다가 꼭 한 번은 고개를 들어 창밖을 봤다. 찬장과 싱크대 사이로 뚫린 자그마한 창문은 그 자체로 액자가 되어 뒷산의 일부를 담았다. 창문이 작아서 더 좋았다. 다행이라고도 생각했다. 밤이 되면 커다란 십자가가 붉게 빛나는 건물이, 그 건물에 걸린 플래카드가, 다양한 종류의 차별에 죄다 찬성한다는 문구와 그림이 보이지 않아서였다. 창이 조금만 더 컸더라면 그것들을 보지 않을 방법이 없었을 것이다. 이모와 나, 그리고 내 친구들의 마음을 다치게 하는 커다란 말들을 창문 프레임으로 가리고 나면 계절이 찬찬히 바뀌는 걸 관찰할 수 있었다. 이모와 함께 걸었던 6월의 산을 떠올리는 건 덤이었고, 이모의 집을 안전하고 단정하게 관리하고 싶다는 생각을 매일 하게 되었다. 우리가 사는 곳을 잘 매만지는 일. 그게 열여덟 여름부터 겨울까지의 내게 가장 중요한 주제였다. 그것에 집중하는 것은 나를 지키는 일이자 이모의 삶을 지지하는 일이었다. 그리고 그 일은 내 예상보다 훨씬 힘들었다.

11

이모의 집에서 살기로 하면서 엄마와 약속한 게 있었다.
병원에 갈 것. 의사 말을 잘 들을 것. 엄마에게 하루 한 번 전화할 것. 이모와 싸우지 않을 것.

세 번째와 네 번째 약속은 종종 어겼으나 앞의 두 가지는 잘 지켰다. 나는 정해진 날에 병원에 갔다. 의료진이 묻는 말에 거짓 없이 답했다. 뭘 먹었고 뭘 먹지 못했고 뭘 뱉어 냈는지 상세히 기록했다. 식사 훈련 시간은 힘들었지만 참아 냈다. 돈가스의 튀김옷이 입천장을 할퀴는 것 같은 감각을 견디고 미끄덩거리는 자장 소스가 역류해서 올라오는 걸 눌렀다. 여전히 두렵고 부담스럽지만 나는 이제 0.5인분의 돈가스와 자장면을 먹을 수 있게 되었다. 먹는다기보다는 삼킨다고 말하는 편이 더 자연스러울 때가 많지만.

완벽, 집착.
병원에서는 내가 마주해야 할 가장 큰 벽을 그렇게 요약했다. 그게 전부는 아니지만 내가 알아야 할 나의 가장 중요한 면이라고 했다.
완벽하지 않아도 된다는 사실을 받아들일 것.
머리로는 이해가 되었지만, 글쎄. 지금껏 나를 움직여 온 동력과 이별하는 일이 가능할까. 완벽을 추구하지 않는 나는 어떤 나일까. 그걸 나라고 할 수 있을까. 나는 다른 내가 되어야 하는 걸까. 그래야 살 수 있는 걸까. 나는 그걸 원하는가.
'완벽'이라는 말에서 달아나기 위해 병원에 다니고 상담을 받고 일기를 쓰지만 나는 여전히 많은 것에 집착했다. 이모와 함께 사는 공간이 단정하길 바랐고, 친구들과의 관계가 견고하길 바랐으며, 대단한 사람이 되길 바랐다. 1인분의 식사를 소화하는 삶에 도착하면 나는 달라져 있을까? 아니. 내가 달라져야 1인분의 식사를 하게 되는 걸까? 그렇게 한 다음에야 나는 1인분의 인간이 되는 걸까?

여전히 고민이 너무 많아서 회복의 시계는 허무하게 멈춘다. 아니 뒤로 돌아간다. 여전히 폭식을 참아야 한다. 침착하게 음식을 먹다가도 심장이 빠르게 뛰면서 구토하고 싶은 충동에 사로잡힌다. 참지 못하는 때도 물론 있다.

다만 이제는 죽고 싶다는 생각이 들면 무너져 내리는 대신 입 주위를 훔치고 눈물도 닦고 이모와 이야기를 나눈다. 이모는 내 말을 가만히 듣는다. 그건 이모가 가장 잘하는 일이어서 나는 온갖 미운 소리를 다 늘어놓는다. 마지막으로 그랬던 건 일주일 전이었다.

그날 나는 이모에게 꿈 이야기를 했다. 꿈속에서 나는 밤이 가 되었다가 솜이가 되었다가 다시 내가 된 다음에 깼다.

밤이가 된 나는 4차선 도로를 건너려 하고 있었다. 가면 안 돼. 머리로는 생각했으나 밤이로서의 몸이 저절로 움직였다. 한 걸음 두 걸음. 차고 날카로운 바람이 털을 휘감으며 지나갔다. 어두운 밤. 빠르게 다가오는 헤드라이트 불빛. 급정거하는 바퀴 소리. 눈을 떴을 때는 솜이가 되어 있었다. 철창 안이었다. 퀴퀴한 냄새가 났다. 철컥. 갑자기 문이 열리고 꺼칠한 손이 목덜미를 휘어잡았다. 대롱대롱 매달린 채로 발버둥을 쳐봤지만 손아귀의 힘만 더 강해질 뿐이었다. 아파요. 그러나 토끼이므로 말은 나오지 않고 그저 눈을 질끈 감을 수밖에 없었다. 다시 눈을 뜨니 내가 되어 냉장고 앞에 주저앉아 있었다. 입가에 정체 모를 시뻘건 것을 묻히고 도구도 없이 손으로 뭔가를 퍼 먹었다.

비명을 지르며 일어났다. 새벽 3시. 이른 저녁 식사 후에 아무것도 먹지 않았으니 공복이었지만 화장실로 달려가 억지로 토했다. 이모가 바닥에 몸을 끌며 화장실 앞까지 따라와 내 등을 토닥였다. 그렇게 하기 위해 이모는 안간힘을 썼다. 몸을 앞으로 깊이 숙이고 혼신을 다해 팔을 뻗었다. 나는 그런 이모의 손을 맞잡고 울었다.

"내가 지키지 못한 것들이 꿈에 나왔어."

이모가 내 손등을 토닥였다. 나는 또 말했다.

"정말 끔찍한 게 뭔지 알아?"

거의 울부짖었다.

"처음이 아니야. 이런 꿈을 자꾸 꿔."

이모가 내 손을 힘주어 꼭 쥐었다. 새삼 느껴졌다. 이모의 굵은 뼈마디가. 발과 다리를 대신해야 했던 이모 손에 쌓인 세월이.

이모가 내게 말했다.

"네가 사랑했던 것들이 찾아오는구나."

12

이모도 어떤 꿈을 반복해서 꾼다고 했다.

꿈속에서 이모는 휠체어가 된다. 이모의 것이 아닌 휠체어. 그러나 이모가 잘 아는 휠체어.

이모의 직장 생활은 고통이기만 했을까. 이모에게 무시와 착

취의 기억을 남겨 준 그 회사는, 그리하여 지옥이기만 했는가.
 그렇지 않다.
 이모에게는 산영 씨가 남았다. 두 사람은 회사 입장에서 그리 떳떳지 못한 이유로, 하지만 이해타산에는 맞는 이유로 고용한 장애인 직원들이었다. 둘은 같은 대우와 대접을 받다가 비슷한 이유로 해고당했다. 그 경험은 둘을 화나게 했고 이야기하게 만들었으며 하나로 묶어 주었다. 아니, 묶어 버렸다.

 나보다 먼저 이모와 함께 살았던 사람이 바로 산영 씨였다. 두 사람의 사이는 깊었다.
 "사랑하는 사이였지. 전심전력으로."
 이모가 망설임 없이 말한 사랑이라는 단어가 낯설었다. 마치 처음 들어 보는 낱말 같았다. 흔하고 익숙한 그 단어는 이모를 경유하자 더없이 생경해졌고 머릿속에서 획을 하나씩 그어 가며 새로이 완성되었다.
 이모가 사랑을?
 할 수 있을까. 어째서 그렇게 생각했는지 모르겠다. 내가 배워서 아는 사랑의 형태 중에 휠체어를 탄 이들의 것이 없었다고 하면, 그건 이유가 될까. 놀랍도록 부끄러운 일이었다. 장애인의 가족으로 평생을 살아왔으면서도 이모의 인생에 사랑이 있을 수 있다는 생각을 못 해 봤다니. 나는 산영 씨가 몹시 궁금했다. 그는 멋진 사람일 것 같았다. 꼭 한 번 만나 보고 싶었다.

　나의 바람은 이루어질 수 없었다. 산영 씨가 세상을 떠났기 때문이다. 마흔셋. 젊은 나이였다.

　이모는 산영 씨와의 마지막 하루를 내게 들려주었다.
　"그러려고 그랬던 걸까? 우리는 동트기 한참 전부터 눈을 떴어. 거의 동시에, 일어났어? 일어났어. 묻고 답했지."
　나는 머리를 베개에 붙인 채로 서로의 기척을 감지하는 두 사람의 신새벽을 상상했다. 본 적 없는 산영 씨의 얼굴은 이모와 함께 푸르스름한 어둠에 잠겨 있다. 그래서 나는 그가 낯설지가 않았고, 두 사람이 나누었다는 대화를 편히 들을 수 있었다. 두런두런 이야기를 나누는 두 사람. 보청기를 끼지 않아서 수화를 섞어 가며 대화를 해야 했다. 손그림자들이 벽에 이런저런 형태를 새겼다 흩어지고.
　"청혼을 했어. 그 사람이. 내가 살면서 그렇게 빨리 몸을 일으켜 앉은 건 그때가 처음이었을 거야."
　이모의 말에 나는 웃었다. 깜짝 놀라서, 그렇지만 확실하게 좋아서. 얼굴이 붉어진 이모의 얼굴은 조금 물러난 어둠 속에서 해사하게 빛이 난다. 산영 씨도 따라 일어났다. 산영 씨의 얼굴빛도 이모와 닮아 있다. 두 사람, 눈빛을 주고받고. 산영 씨 웃었고 이모 울었다.
　"그때 우린 같은 기쁨과 닮은 막막함을 느꼈던 것 같아."

산영 씨가 먼저 아침을 먹고 이모의 밥을 차려 놓은 뒤 집을 나섰다.

"정말 오랜만에 면접이 잡혔거든. 장애인에 대한 처우가 꽤 괜찮다고 소문이 난 회사라서 산영 씨도 나도 며칠 전부터 들떠 있었어. 사실 어떤 회사든 같이 다녔던 데보다는 낫지 않겠냐는 생각이었지만."

그날의 기분이 생생하게 떠오르는지 이모의 목소리가 밝아졌다. 나는 산영 씨가 그 회사에 지금도 다니고 있었으면 좋겠다는, 이루어질 수 없는 바람을 가졌다.

"합격을 했어?"

"글쎄. 결과가 바로 나오지는 않으니까. 나한테 보낸 문자 메시지에는 분위기가 무척 좋았다고 했어."

"기뻤겠다."

"기뻤지. 그날은 사실 나한테도 좋은 날이었어. 제대로 된 번역 의뢰를 받은 날이었으니까."

그건 이모에게 처음 일어난 일이었다. 대중적이지 않은 작품이었고 보수도 적었지만 틀림없이 정상적인 방식으로 일을 할 수 있는 기회였다.

"그러니까 나도……. 산영 씨의 청혼을, 조금은 밝은 마음으로 더듬어 볼 수 있었겠지? 메시지로 말할까 하다가 집에 오면 직접 말해 줘야지. 놀래켜 줘야지. 생각했어."

"결혼 승낙을?"

"아니. 나도 일이 생겼다는 걸."

어떤 말이었든. 산영 씨를 기쁘게 하지 않았을까. 좋아하는 맑은 대구탕을 함께 먹으면서 나누었을 그날 저녁의 대화는 행복에 아주 가깝고, 그 밤 두 사람은 좋은 꿈을 꾸었을 것이다.

하지만 대구탕이 비릿한 냄새를 풍기며 식어 가도록 산영 씨는 돌아오지 않았다.

"깊은 밤이었던 걸로 기억해. 이불도 펴지 못하고 기다리고 있는데 '부고'라는 말로 시작하는 문자 메시지가 온 거야. 장례식장까지 어떻게 갔는지도 모르겠다. 아무튼, 거기서 산영 씨의 가족을 만났어. 산영 씨를 닮아 둥글고 선한 인상을 지닌 사람들이었지. '산영이 친구예요?' 누가 물어서 그렇다고 했어. 밥 먹고 가라는데 그냥 수정과 한 잔을 놓고 앉아 있었어. 산영 씨에게 무슨 일이 일어난 것인지 알고 싶어서."

이모는 얼마나 오래 그곳에 앉아 있었을까. 유가족들이 이모를 이상하게 생각하지는 않았을까. 나는 그런 것들이 걱정되었다.

"불편하지는 않았어?"

"불편한 거야 내 일상이고. 나는 듣고 싶었어. 꼭 알고 싶었어. 그래야 집에 갈 수 있을 것 같았어. 산영 씨랑 인사하는 건 그다음 문제였어."

사람들의 빠른 말소리들 중에 필요한 이야기들을 잡아내기 위해 이모는 집중해야 했다. 이모의 관자놀이가 시큰거렸다.

결국 이모는 들었고 상황을 이해했다.

지하철. 리프트. 추락.

"그 말을 듣고서 밥을 달라고 했어. 맵고 짜기만 한 육개장에 밥을 말아서 푹푹 떠먹었어. 남기지 않고 다 먹었어. 산영 씨가 차려 줬던 아침밥을 생각하면서."

산영 씨는 기억된다. 이모에 의해서.

이모는 꿈을 꾼다. 산영 씨의 휠체어가 되는 꿈을.

휠체어가 된 이모는 산영 씨를 태우고 어디든 간다. 일을 하러 가고 꽃을 보러 가고 폭포 소리를 들으러 간다. 독한 위스키를 한 잔에 만 원씩 받고 판다는 어두컴컴한 술집에 가 본다. 크루즈를 타고 바다를 구경한다. 바다에는 돌고래 두 마리가 튀어오르고 얼굴에 포말이 자꾸만 날아든다. 휠체어의 바퀴로 가지 못하는 곳이 없는 세계. 그곳에서의 이모는 이모이기도 하고 휠체어이기도 하고 산영 씨이기도 하다.

꿈속에서 이모는 산영 씨가 하고 싶었던 일들, 다른 누구도 아닌 이모와 함께하기를 바랐던 일들을 하나씩 한다. 이모는 산영 씨를 사랑한다. 항상 그렇게 말한다. 사랑했다,가 아니라 사랑한다,고.

13

나의 치료는 더디지만 앞으로 나아가서 며칠 전에는 이런 말을 듣고 왔다.
일반식(一般食)을 먹을 것.
그 말은 나의 진전과 전진을 응원하는 말이면서도 내 마음 한편을 지그시 누르는 말이기도 했다. 내가 얼마나 '일반'의 영역에서 멀어져 있는지 상기시키는 말이었으므로.

일반적인 사람이 되기 위해 나는 평범하게 식사하는 법을 다시 배워야 했다. 하루 2,500칼로리를 세 번의 식사와 세 번의 간식으로 섭취했다. 병원에서 회복식(回復食)이라고 이름 붙인 음식물 섭취 방법이었다.
알람이 울리면 식판을 꺼내 정량의 음식을 담았다. 식사 시간은 학교 급식 시간에 맞추었다. 점심은 혼자 먹어야 하는 때가 많아서였다. 쌀밥에 미역국, 소불고기와 콩나물 무침 같은 음식을 천천히 씹으며 생활 트래핑 친구들을 떠올렸다. 그렇게 하면 혼자 먹는 밥이어도 그리 외롭지 않았다.
그럼에도 자못 불안허졌다. 몸만 큰 아기가 된 듯한 기분을 떨쳐 내기 힘들었다. 불안이 깊어지면 엄마에게 전화를 걸었다.
"엄마. 오늘 먹은 것 좀 말해 봐."
대답을 듣고, 음식들의 이름을 수첩에 적고, 요리 방법을 물어보고 그걸 또 기록하다 보면 기분이 나아졌다. 통화가 끝날 때쯤이면 엄마의 목소리도 조금 차분해졌다.

　엄마는 내 전화를 두려워한다. 이해할 수 있다. 내가 혹시 또 험한 일을 벌였을까 봐 걱정하는 것이다. 하지만 엄마는 수신음이 한 번 울리기 무섭게 전화를 받는다.
　엄마에게 하고 싶지만 매번 못하는 말이 있다. 그 말은 엄마에게 건네는 약속이기도 하고 나를 향한 다짐이기도 하다. 어려운 말도 복잡한 말도 아니다. 하지만 목구멍까지 차올랐다가 뭉개지고 만다. 전화를 끊으며 나는 늘 이렇게 말할 뿐이다.
　"술 너무 많이 먹지 마."
　엄마의 대답은 약간의 시간차를 두고 돌아온다. 그 시간의 길이만큼이 엄마가 느끼는 서운함의 크기임을 나는 안다.
　"그래. 너도 밥 남기지 말고 잘 먹어."
　내 대답도 간격을 두고 건너간다. 그 길이는 내 망설임의 크기. 통화는 그렇게 끝나고 엄마가 일러 준 조리법을 소리 내어 읽어 본다. 멸치 다시 육수 500밀리리터를 팔팔 끓인 다음 팬에 볶은 소고기 국거리를 넣고 된장을 체에 걸러 푼다. 한 입 크기로 자른 알배추를 넣고 참치액과 국간장으로 간을 한다. 배추가 흐물흐물해질 때까지 푹 끓여 훌훌 불어 먹는 배춧국. 내게 속삭이듯 말하고 나면 벌써 뜨끈한 국물을 마신 것처럼 속이 따뜻해진다. 엄마가 직접 끓여 준 걸 먹고 싶다는 생각도

녹색 광선

한다. 엄마는 이걸 누구에게 배웠을까. 이런 생각도 하고. 그리하여 나는 고민에 잠긴다. 내가 이거 만들어 줄게. 그 말 한마디를 엄마에게 하기가 왜 이리도 어려운 걸까.

14

양지와 배추를 넉넉히 넣고 국을 끓였다. 이모가 집으로 돌아올 시간에 맞춰 요리했다. 파도 썰어 넣을까. 그러지 않기로 했다. 최대한 순하고 부드럽게 끓이는 배춧국이 엄마의 방식일 거라 생각해서였다. 그렇게 먹는 게 이모에게도 익숙할 것 같았다.

저녁 6시쯤 돌아온다던 이모는 6시 반이 되도록 감감무소식이었다. 메시지에도 답이 없고 전화를 걸어도 받지 않았다. 슬슬 걱정이 되기 시작했다. 불안이 기지개를 켰다. 온갖 나쁜 상상들이 머릿속을 헤집어 놓으려 했다.

몸을 움직여야 했다. 멈춘 몸에는 생각이 고이게 마련이고, 이럴 때 드는 생각이란 내게 위험하므로, 옷을 갈아입고 모자를 쓰고 장갑을 꼈다. 목도리를 두르며 생각했다. 이모가 목도리를 하고 나갔던가? 모자와 장갑과 목도리를 하나씩 더 챙겼다. 해는 이미 넘어가 사위가 어두웠다. 마음이 조급해졌다. 신발을 꿰어 신고 문을 열었다. 어디로 가면 좋을지도 모르면서 일단 나섰다.

"어머나. 깜짝아!"

낯선 목소리. 머리숱이 풍성하고 키가 작은 여자가 서 있었다. 나도 그녀 못지않게 놀랐다. 남의 집 앞에서 뭘 하는 거지? 그리고 곧 알게 됐다. 이모에게 이 사람에 대해 들은 적이 있었다. 중년 같기도 하고 노년 같기도 한 얼굴에 시력 보호를 위해 색이 들어간 안경을 낀 사람. 항상 핑크색 큰 글자 성경을 품고 다니는 사람. 당신이 바로 그, 말로만 들던.

손용순 씨로군요.

나는 이모에게서 용순 씨에 대해 들은 적이 있다. 용순 씨와 이모는 임대인과 임차인 관계였다. 두 사람은 공인 중개사 사무소에서 처음 만났다. 동행 없이 혼자 집을 구하러 나온 이모를 보고 용순 씨는 적잖이 놀랐다.

집의 상태를 확인하고 곧바로 서류 작성이 이루어졌다. 묵은 먼지 뭉치 몇 개가 공처럼 굴러다니는 휑한 바닥에 앉아서였다. 용순 씨는 손수건에 물을 묻혀 이모가 앉을 자리를 닦아 주었다. 서류 여기저기에 서명을 하고 보증금을 이체하고 열쇠를 넘겨받는 과정은 모두 합쳐서 1시간 정도로 끝이 났다. 하지만 용순 씨는 그 뒤로 2시간을 더 머물렀다. 장애인이 살 것을 고려하고 지은 집이 아니었으므로 이모가 혼자 살아가기에 여러 가지 어려움이 예상되었다. 이모는 나와 엄마에게 도움을 요청할 계획이었으나, 뜻밖에 용순 씨가 집 이곳저곳을 살피며 이모에게 불편할 만한 것들을 찾았다. 이모의 의견을 묻고 휴대 전화 메모장에 꾹꾹 눌러 적었다. 그리고 허리를 숙여 이모의 손을 잡고 몇 마디의 기도를 하고 돌아갔다. 그 목소리가 나긋하여 듣기 좋았다고. 이모는 말했다. 기도 소리가 싫지 않았다고.

다음 날부터 중고 상점에서 가져온 물건들이 집으로 들어왔다. 용순 씨와 그의 남편이 간단한 시공도 직접 해 주었다. 일주일이 지나자 이모의 집은 휠체어 사용자도 큰 무리 없이 지낼 수 있을 만한 환경이 됐다. 매일 같이 집에 찾아와 한참을 머물다 가는 용순 씨 내외—때로는 남편 혼자 오기도 했다—는 말 안 해도 이모를 어리고 미숙한 아이처럼 생각하는 것 같았다. 이모는 때때로 유쾌하지 못한 감정을 속으로 삼켜야 했다. 그것을 견디면 찾아올 편의를 생각해서였다. 그냥 참기만 한 게 아니라 조금 더 적극적인 방식으로, 감사한 마음을 가졌다. 아닌 게 아니라 용순 씨의 도움은 이모에게 필요한 일이었고, 이모의 독립 초기에 가장 실질적인 힘이 되었다.

이모와 용순 씨의 사이는 결국 멀어졌다. '결국' 그렇게 됐다고. 이모는 말했다. 정확히 말하면 이모가 마음의 문을 닫은 것이었다.

문제는 이모와 산영 씨가 같이 살게 되면서부터였다.

"둘이 애인이라고? 그러니까 둘이? 서로 좋아하고 그러는 사이라고?"

용순 씨는 거듭 물었다. 도저히 믿기지 않는다는 듯이. 이모는 영혼 없이 몇 번이고 고개를 끄덕였다.

용순 씨가 소쿠리 한가득 전을 담아서 이모 집에 내려왔던 그날은 추석 연휴의 마지막 날이었다. 이모와 산영 씨는 짧은 외출을 마치고 돌아와 나란히 앉아서 90년대에 인기가 많았던 로맨스 영화를 봤다. 두 사람 사이에는 캔맥주 두 개와 감자칩 한 봉지가 놓여 있었다.

"둘이 정말 연애를 한다는 거야?"

용순 씨가 눈을 더 동그랗게 뜨며 말했다. 산영 씨가 참다못해 대답했다.

"네. 맞아요. 맞아."

같은 단어를 두 번 말하는 건 산영 씨가 화났을 때의 버릇이었다. 이모는 서둘러 휠체어를 향해 기어갔다. 용순 씨 손에 들린 소쿠리를 받기 위해서였다. 그런 다음 용순 씨를 돌려보내려고 했다. 하지만 용순 씨는 이미 신발을 벗고 집 안으로 들어와 있었다. 용순 씨는 맥주 캔을 슬쩍 보며 말했다.

"어떻게 해? 둘이서. 연애를?"

산영 씨는 몸을 끌고 방으로 들어갔다. 화가 더 끓어오른 상태였다. 그걸 이모는 알았고 용순 씨는 몰랐다. 용순 씨가 지금껏 알고 있던 화난 사람의 몸동작에 비해 산영 씨의 움직임이 많이 느렸기 때문이다. 이모만 혼자 안절부절못했다. 용순 씨는 상을 펴서 전을 올려놓고 이모의 찬장을 뒤져 양념장도 만들고 산영 씨가 들어간 방문도 두드렸다. 산영 씨의 반응이 없자 이모의 손을 끌어 상 앞에 앉히고 전을 먹게 했다. 이모는 마지못해 동그랑땡과 동태전 몇 개를 먹었다. 정신은 온통 산영 씨에게 가 있었다. 용순 씨는 늘 그렇듯이 덕담을 하고 집에 갔다.

"이기지 못할 시련이란 없어. 알지?"

많은 말들이 턱끝까지 차올랐지만 이모는 그냥 웃었다. 있는 힘을 다해서. 억지로. 현관문이 닫히고 방문이 열렸다. 산영 씨가 굳은 얼굴을 하고 나왔다. 영화는 이미 끝난 뒤였다.

그날 이후로 이모와 산영 씨는 몇 번 크게 다투었다. 이유는 항상 용순 씨였다. 용순 씨의 말과 행동에 담긴 은은한 차별을 산영 씨는 못 견뎌 했다. 이모가 용순 씨에게서 받은 배려를 방패 삼아 보아도 싸움은 커지기만 했다. 이제는 너무 늦었는데 어떻게 해. 저 사람과 틀어지면 여기서 어떻게 살아. 이런 집을 어디 가서 또 구하라고. 본가로 다시 돌아가는 상상을 하면 끔찍했다.

그럴 때마다 산영 씨는 더 좋은 집을 찾아오겠다며 나갔고 한참이 지나 돌아왔다. 집은 구하지 못했다. 어디를 어떻게 헤매다 돌아왔는지 모를 산영 씨의 발이 참으로 차가웠다고 한다. 그 차고 딱딱한 발의 감촉을 이모는 오래도록 잊지 못한다.

"슬픔은 차가운 발과 함께 온단다."

이모는 그렇게 말하고 차게 울었다. 나도 이제 그 말의 의미를 온전히 안다.

15

용순 씨는 원래 알았던 사이인 양 내게 반가워하는 표정을 지었다. 나에 대해 이모에게 들은 적이 있다고 했다. 그녀는 이모가 혼자 지내지 않아 다행이라는 말을 덧붙였다. 그 말은 짧았지만 뚜렷하게 내 신경을 긁었다. 이모에게서 들은 바로 짐작컨대 용순 씨는 산영 씨가 죽은 뒤에 처음으로 찾아온 것이었다. 하필 이모가 없을 때. 내가 이모를 찾으러 막막한 길을 나서려는 참에. 나는 용순 씨를 어찌 대해야 할지 몰랐다.

이모가 밖에서 무엇을 하는지 정확히 알게 된 건 같이 살기 시작한 뒤로도 꼬박 한 달이 지난 다음이었다. 처음에는 이모가 정기적으로 일을 다니는 줄 알았다. 이모는 화요일과 금요일 아침마다 나갔고 오후 혹은 저녁에 들어왔다. 어디에 갔다 오느냐고 자세히 묻지 않았다. 그렇기에 이모도 말해 주지 않았다. 그것은 이모다운 태도였다. 나는? 나 혼자를 건사하기도 바빴다. 하지만 묻지 않을 수 없는 일이 벌어졌다.

이모가 산발이 된 머리카락에 셔츠 단추 두 개가 떨어져 나간 차림으로 돌아왔기 때문이다. 자세히 보니 입가에 긁힌 자 국도 있었다.

"이모. 이게 무슨……."

말을 끝맺지도 못하고 이모에게 선뜻 다가서지도 못했다. 이모가 못된 사람들에게 해코지라도 당했나 싶어서였다. 묻기에 너무 무서운 일을 겪었을까 봐 나는 몸이 얼어붙었다.

내 추측이 아주 틀리기만 한 것은 아니었다. 하지만 이모의 표정은 밝았고, 전에 없이 씩씩한 기운도 느껴졌다. 일방적으로 당하고 온 것만은 아닌 건가? 머릿속에 불이 번쩍 켜지는 느낌. 이모가 누군가, 혹은 무언가에 맞서서 악다구니를 부리고 팔을 휘젓는 모습을 상상했다. 굳센 이모. 거친 이모. 멋있는데. 당당한 이모. 우리 이모. 그런 생각을 하고 나니 눈앞의 이모가 진짜 멋져 보였다.

그간의 이모는 장애인 이동권 투쟁에 참여하고 있었다. 동지라고 부르는 다른 장애인들과 함께였다.

"일하러 나간 줄 알았어."

이모의 샤워를 돕고 연고를 발라 주며 말했다. 생각보다 다친 곳이 꽤 많아 속이 상했다.

"우리 일하는 거 맞는디?"

이모가 심상한 말투로 대답했다. 일이 맞다고? 내가 배워서 알기로 일이란, 그러니까 노동으로서의 일이란 내가 가진 재화를 제공하고 그에 상응하는 보수를 받는 행위였다. 미안한 말이지만 이모의 투쟁은 일처럼 보이지 않았다. 무엇을 줬지? 그리고 무엇을 받았지?

"우리는 세상을 나은 방향으로 움직이고 있어. 그게 우리 일이야."

그런가, 싶다가도 그게 다는 아닌 것 같았지만, 또 딱히 아니라고 할 이유도 없었다. 장애인들의 이동이 편해지면 그게 장애인들에게만 좋은 일이겠느냐고. 보통의 신체를 가진 사람들에게는 더 편리한 세상이 오는 법이라고. 이모는 연고가 묻어 번들거리는 내 손을 쥐고 말했다. 이모가 내게 그토록 간절하게 그리고 또렷하게 뭔가를 설명한 건 처음이었다.

"알겠어. 다 알겠는데."

왜 이걸 하는지도. 왜 이걸 일이라고 생각하는지도. 그렇게 떠들썩한 방법이 아니면 안 되는지도. 다 수긍할 수 있었다. 하지만 여전히 남는 질문이 하나 있었다. 대체 그 사람들은 왜 이모와 친구들에게 폭력을 휘두르는 거야?

"사람들이 보고 싶어 하는 장애인은 정해져 있거든. 돌봐 주고 싶다. 이런 생각을 하게 만드는 장애인이 아닌 거지, 우리는."

이모가 내 손을 쥐었던 손의 힘을 풀었다. 종아리에도 상처가 보여 연고를 발랐다. 휘어진 이모의 몸이 가늘게 떨렸다.

16

　엄마의 전화를 받고 이모가 있는 병원으로 달려갔다. 겨울인데도 이상하리만치 습해서 뼛속부터 시려 오는 날이었다. 그런 날에 이모는 신발도 빼앗기고 양말도 빼앗겨 맨발인 채로 병원에 실려 갔다.

　이모의 신발과 양말에 대해서 오래 생각했다. 그러면 그것을 벗긴 사람의 손에 대해서도 생각해야 했다. 그다음에 떠오르는 것은 그것이 벗겨질 때의 이모의 자세였다. 이모의 척추와 뒤통수에 닿았을 지하철 바닥의 한기, 하얀 발이 드러났을 때의 허전함과 수치심, 뒤이어 따라왔을 얼얼한 통증도 상상하게 되었다.

　그래서.
　이모와 동지들의 시위는 정말 폭력적이었는가. 그들이 누군가의 신체를 위협했는가. 과격하고 급진적이었는가. 이기심을 앞세웠는가. 갈 길 바쁜 시민들의 두 발을 묶었는가. 정치적으로 편향되었는가.
　정말 그래서.
　이모는 죄 없고 선량한 이들의 적이 되고 만 것일까.

뉴스에 달린 댓글들을 보며 생각했다. 그렇다면 그동안 이모가 빼앗긴 시간은, 포기해야 했던 기회는, 잃어버린 사람은, 그 모든 순간의 상실감과 박탈감은 어떻게 표현해야 정당했던 걸까. 댓글들이 말하는 민주 시민다운 방식으로 말했다면 누가 들어 주기는 했을까.

나는 머리를 쥐어뜯었다. 자꾸만 손이 머리로 올라갔다. 손가락 사이로 예사롭지 않은 양의 머리카락이 뽑혀 나왔다. 아직 완전히 회복되지 않은 몸에 스트레스가 더해져 탈모 증상이 다시 심해진 듯했다. 나를 멈추게 한 사람은 용순 씨였다. 나는 이모의 사고 당일에 할머니와 엄마보다 더 빨리 병원에 도착했다. 용순 씨 덕분이었다. 엄마로부터 이모의 소식을 듣고 휴대 전화를 놓쳐 버린 나를 대신해 자초지종을 들은 사람도 용순 씨였다. 용순 씨는 침착하게 택시를 불러 병원까지 나를 데려다주었다.

그녀는 매일 병원에 찾아왔다. 중환자실 면회는 가족만 가능하다는 걸 알면서도 그렇게 했다. 내 옆에 앉아서 내 손을 몇 번이고 잡았다. 그리고 말했다.

"미안해요. 미안해."

이모가 좋아했다던 그 목소리로 용순 씨는 기도하는 것처럼 사과했다. 사과받을 사람은 내가 아니었지만 나는 간신히 마음을 가라앉힐 수 있었다.

그날 용순 씨가 이모를 찾아왔던 이유 역시 사과를 하기 위해서였다. 용순 씨가 오래 망설이던 일이었다. 용순 씨의 아들. 그녀의 자랑이자 작은 신이었던 그가 사랑을 해 나가는 방식이 세상이 행하는 차별과 배제의 먹잇감이었음을 알게 되었을 때, 용순 씨는 한 번 무너졌다. 현실 부정과 거부를 딛고 다시 일어서기까지 꽤 많은 시간이 필요했지만 용순 씨는 믿음에 기대어 마음을 바로 세웠다. 그리고 이모와 산영 씨의 얼굴을 떠올렸다. 방관과 동조. 두 개의 단어가 용순 씨의 머릿속에서 계속 이어달리기를 했다.

용순 씨는 성경과 십자가를 꼭 쥐고 아들에게 사과했다. 그리고 이모와 산영 씨에게 사과할 날을 찾았다. 그렇게 지낸 시간이 1년 남짓. 하지만 왜 하필 그날이었을까. 용순 씨가 믿는 신에게 묻는다면 답을 알 수 있을까. 나로서는 알 수 없지만 그날의 방문은 나에게도 용순 씨에게도 좋은 일이 되었다. 내게는 이모를 기다리는 동안 맞잡을 손이 하나 더 생겨서 다행이었고, 용순 씨는 이모의 지금을 알 수 있어서 좋았다. 이모만 깨어난다면. 아무 일 없었던 것처럼 돌아와 준다면. 그때의 나와 용순 씨가 더 바라는 건 없었다.

17

이모가 머리를 부딪혔다는 스크린 도어에 가 봤다. 작은 금이라도 가 있을 줄 알았는데 눈을 씻고 봐도 자그마한 흔적 하나 찾을 수 없었다. 이모의 몸에서 감각이 가장 살아 있는 곳이 머리였다는 사실이 지독한 농담 같았다. 추위와 상관없이 몸이 오싹해졌다. 쪼그려 앉은 자세로 몸을 감싸안아 봐도 떨림을 어찌할 수 없었다.

그 자리에 남아서 투쟁을 이어 가고 있는 이모의 동지들과 인사했다.
"네가 윤재 씨 조카구나."
"듣던 대로네. 말 안 듣게 생겼다 진짜."
그런 말들을 하며 그들은 웃었다. 나도 같이 웃었다. 그 옆을 지나쳐 가는 사람들의 표정은 애써 외면했다.
이지러진 얼굴. 욕을 하는 입. 조롱 가득한 웃음. 사진을 찍는 손. 차가운 렌즈. 그보다 더 싸늘한 눈빛. 경멸의 미간. 날아드는 타액.
피하려고 했지만 그러기가 힘들었다. 그들을 붙잡고 다시 묻는다면 그런 표정 지은 적 없다고, 그렇게 말한 적 없다고 할지 모른다. 정말로 내가 과하게 생각한 것일 수도 있다. 하지만 내가 이모의 친구들과 온기를 나누는 동안 우리는 무인도처럼 그곳에 있었다. 그건 틀림없는 사실. 나는 이모가 일주일에 두 번, 어쩌면 매일, 아니 평생을 어떤 외로움 속에 보냈는지 조금이나마 체감했다.

수상할 정도로 허기가 졌다. 냉장고 안의 락앤락 통을 모조리 열어 커다란 양푼에 쏟아붓고 고추장 한 통, 참기름 한 병, 햇반을 한 개, 두 개, 세 개…… 때려 넣는 내 모습. 오늘 내 식단 일기에는 어떤 문장이 적힐까.

'폭식을 했다'일까.

'폭식을 상상했다'일까.

이모의 친구들에게 등을 떠밀려 지상으로 올라왔다. 언제까지고 거기에 머무를 수 없다는 걸 알았지만 도무지 발걸음이 떨어지지 않았다.

"너는 얼른 가고. 이모 오라고 해."

이모와 가장 친하게 지냈다는 영준 삼촌이 말했다. 그는 비장애인이었고, 산영 씨의 형이었다. 며칠째 그곳에서 잠을 잤다는 영준 삼촌의 덥수룩한 수염 사이로 조금 누런 치아가 빛났다. 나는 이모가 좋은 친구들을 가져 다행이라고 생각하면서도 이모가 정말 이곳으로 돌아올 수 있을까 걱정스러웠다. 영준 삼촌이 나를 괴롭힐 의도로 한 말이 아니란 걸 알면서도 머리가 복잡했다.

나는 그들이 좋았고 그들의 말이라면 다 들어주고 싶었다. 그래서 이모에게 가는 걸음을 서둘렀다.

'이모, 친구들이 찾아. 빨리 돌아오래.'

이 말을 전해야 했다. 하지만 몸이 말을 듣지 않았다. 버스에서 내려 음식점과 편의점을 몇 개 지나쳤다. 가슴이 점점 빠르게 뛰었다. 입안으로 뭔가를 욱여넣고 싶은 충동이 일었다. 참아야 해. 생각을 흘려보내야 해. 이를 꽉 물고 병원 로비까지는 도착했으나 엘리베이터를 탈 수가 없었다. 계단을 올라갈 힘도 나지 않았다. 숨이 가빠 오고 어지러웠다. 머리를 쥐어뜯고 싶었다. 머리털이 몽땅 뽑혀 나가도록. 두피까지 다 뜯기도록. 그때 전화가 왔다.

"어디야?"

혜영의 목소리였다.

생활 트래핑 모임 날인 걸 잊고 있었다. 애들은 공원에서 한참 기다리다 내게 메시지를 한 개씩 보냈다. 내가 답이 없자 전화를 건 것이었다.

"여기로 와 줄래?"

나의 떨리는 목소리를 들은 아이들은 한달음에 병원으로 와줬다. 5층에 이모가 있는데. 내가 곁에 있어 줘야 하는데. 할머니도 엄마도 없으면 어쩌지. 이모가 혼자 무서워하고 있으면 어떡하지. 머릿속에 말들이 가득 찼고 서로 먼저 입 밖으로 나가려 아우성을 쳤다. 한심하게 머뭇거리는 사이에 이모가 영영 돌아올 수 없는 곳으로 가 버릴 것만 같았다. 지독한 망상이었다. 알면서도 멈출 수가 없는.

네 개의 손이 창백해진 내 손을 꽉 잡았다. 무척 따뜻했다.

다해와 정연의 손. 그 아이들은 부드럽게 힘을 주어 내 손이 주먹을 쥐도록 했다. 애들의 손이 떠나고 주먹 쥔 손을 펴 보니 묵묵이 있었다. 묵묵은 체온으로 데워져 따뜻했다. 아, 내가 돌볼 차례였구나. 나는 가만히 나의 검은 돌을 내려다보았다. 눈물이 묵묵 위로 뚝뚝 떨어졌다. 묵묵은 반질반질해져서 더 예뻤다.

 아이들이 데리고 온 건 묵묵만이 아니었다. 마음을 진정하고 보니 로비에 들어온 건 다해와 정연뿐, 혜영이 보이지 않았다. 혜영은 병원 밖에서 기다리고 있었다. 다해와 정연을 따라서 혜영에게 갔다. 혜영을 발견하고서 그 자리에 우뚝 멈춰 섰다. 묵묵을 쥔 손에 힘이 들어갔다. 꿈인가. 아니야. 꿈이 아니야. 혜영의 옆에 앉아 있는 작고 동그란 삼색 고양이. 밤이였다.
 밤이야.
 어디를 다녀왔니. 무엇을 보고 왔니.
 "야옹."
 밤이는 밤이가 할 수 있는 말을 내게 들려주었다.

18

 중환자실 앞에는 할머니도 있었고, 엄마도 있었고, 용순 씨도 있었다. 나는 그들과 함께 저녁을 먹었다. 병원 앞 식당에서 설렁탕 한 그릇을 다 비웠다. 더도 말고 덜도 말고 한 그릇. 배가 따뜻했다. 아무도 나를 칭찬하지 않았다. 그리고 그 누구도 나를 비난하지 않았다.

그날 밤을 넘기지 않고 이모가 깨어났다.

4부

돌과 춤

1

 봄이 앞발을 내밀어 겨울의 꼬리를 슬그머니 잡으려는 것 같던 날, 나는 커피잔 두 개와 딸기 케이크 한 조각이 덩그러니 놓인 탁자를 꽤 오랫동안 보았다. 내가 카페에 들어갔을 때 그 탁자에 앉아 있던 손님들은 밖으로 나갔고 시간은 그대로 계속 흘렀다. 주인을 잃은 음료와 케이크를 보며 이런저런 상상을 했다. 남겨진 것에 대해서. 남기고 간 이에 대해서.
 그 자리에 앉아서 오래 미루었던 편지를 썼다. 날이 좋네. 이렇게 시작하는 편지의 수신자는 엄마였다. 추위가 물러갔을 뿐 비가 추적추적 내리고 있었다. 하지만 나는 그렇게 썼다. 엄마와 아빠가 혼인 관계를 정리한 지 한 달쯤 되었을 때였다. 양육권은 엄마가 갖기로 했고, 아빠와는 한 달에 두 번 만나기로 했다.

아빠는 울면서 미안하다고 했다. 나도 울었다. 내가 울 줄은 나도 몰랐다. 나조차도 당황스러울 만큼 눈물이 흘렀다. 괜찮을 줄 알았는데 마냥 그렇지만은 않았던 모양이다. 하지만 일어난 일은 일어난 일이었고 못 일어날 일이 일어난 것도 아니니 받아들여야 했다. 나는 아빠의 손을 내 손등 위에 포개어 놓으며 말했다.

"이제 제법 두툼하지?"

아빠는 살이 조금 붙은 내 손을 붙들고 더 크게 울었다. 애처럼. 엉엉. 갱년기가 온 게 틀림없다고, 혼자 생각했다. 나는 아빠의 어깨를 어설픈 손짓으로 토닥였다. 툭 불거진 어깨뼈에 자꾸만 손이 갔다.

나는 이모의 집에 1년 더 머물기로 했다. 어쩌면 더 길어질지도 몰랐다. 이모와 나는 서로를 필요로 한다. 그렇게 되지 않는 날이 올까. 그날은 빨리, 와야 한다. 그래야 우리는 더 많은 곳에 갈 수 있다. 같이, 그리고 멀리.

엄마는 여행을 갈 거라 했다. 엄마의 여행 기간도 일단은 1년이었다. 어디를 어떻게 다닐 것인지는 자세히 말해 주지 않았다. 엄마는 그 기간 동안 아빠에게 가 있겠느냐고 내게 물었지만 나는 그러지 않겠다고 했다.

여행을 다니는 동안 살을 뺄 거라고 엄마는 말했다. 많이 걷다 보면 자연스레 빠지지 않겠느냐고. 체중 유지와 식단 관리 쪽으로 약간의 지식이 쌓인 내게 엄마의 계획은 너무나 느슨해 보였지만 아무 말도 하지 않았다. 다만 엄마가 돌아왔을 때 이모와 할머니까지 포함해서 우리 넷이 각자의 수영복을 입고 호텔 수영장에 가는 계획이 꼭 이루어지길 바랐다. 그때의 우리, 각자의 몸이 어떤 모양이든 서로가 서로에게 박수를 쳐 주는 미래가 내게 오길 기대했다.

2

생활 트래핑 친구들은 내 얼굴을 보면 밤이의 안부부터 물었다. 나는 둥실거리는 마음으로 대답했다. 잘 지낸다고. 밤이 잘 있다고. 그건 나의 안녕을 말하는 것이기도 했다.

밤이를 돌보기 위해서 세끼를 지켜 먹는 나의 안녕. 건강하고 맑은 눈으로 밤이를 오래 보고 싶다는 마음. 밤이의 삶이 내 삶보다 짧을 거라는 생각. 과학에 기반한 쓸쓸한 확신은 밤이와의 시간을 간절하게 만들었다. 이번 삶이 밤이의 마지막 목숨일 수도 있다. 그렇게 생각하면, 내가 어떤 상태여야 하는지 또렷해진다.

그리하여 밤이는 건강하고 때때로 나와 이모를 할퀴며 매일 밤 이모의 휠체어에 올라 잠이 든다. 그 모습을 지켜보는 건 내게 퍽 확실한 행복.

친구들은 이제 3학년이 된다. 가고 싶은 대학과 학과를 말한다. 그곳에 갈 수 없을 것 같은 이유를 말하지만 불안한 기색은 없다. 참으로 단단한 아이들이다 싶고 그 애들이랑 친구를 해서 다행이라는 생각을 또 한 번 한다. 나의 검은 돌들.

나는 아직 교복을 버리지 않았다. 메고 다니던 배낭도 그대로 두었다. 나는 왜 그것들을 가지고 있는 걸까. 모르겠다. 상상을 하지 않은 건 아니었다. 무거운 눈꺼풀을 들어 올리며 침대에서 일어나 이를 닦고 머리를 감고, 덜 마른 머리카락의 축축한 느낌이 싫다고 생각하며 신발을 꿰어 신고 집을 나서는 아침을. 주머니 속에 넣어 둔 묵묵을 만지작대면서 걸어가는 등굣길을. 묵묵의 몸에는 물로 지워지는 물감으로 교복을 그려 놓았을 수도 있다. 점심시간이면 3학년 교실에서 내려오는 혜영과 다해와 정연. 그 아이들과 밥을 먹고 조회대에 서서 묵묵을 트래핑하며 보내는 한낮. 봄과 여름, 가을과 겨울. 그 생활이 내게 최선일까. 나는 자신하지 못한다. 그저 말없이 웃으며 묵묵을 정연에게 맡길 따름.

내가 학교로 돌아가든 가지 않든 그것이 내 인생의 무엇도 결정하지 않았으면 하는 바람. 아이들의 물음에 마땅한 대답은 아직 찾지 못했다. 그래도 될까. 이대로 괜찮을까.

3

괜찮다. 말해 주는 사람은 다름 아닌 이모. 그 말을 하는 이모의 목소리에는 누구도 흉내 낼 수 없는 기운이 있다. 이모, 내게 그 말을 해 주려고 태어난 거야? 오만한 망상도 해 본다. 그런 생각은 즐겁다. 나를 웃게 한다.

이모도 여전히 친구들을 만나러 간다. 병원에서의 시간을 기억하지 못하는 이모는 그래서인지 두려움이 없고 예전보다 더 과감해졌다. 이모와 친구들은 전철 역에만 머물지 않는다. 아침에는 시민들의 발목을 잡고, 오후에는 야생 동물을 살리러 간다. 다름산의 케이블카가 더 이상은 연장되지 않도록 노래를 부르고 소리를 지르고 때로는 드러눕는다. 이모의 웃는 얼굴, 우는 얼굴, 환한 얼굴, 화난 얼굴은 가끔씩 사진으로 찍혀 신문 기사에 실린다. 그런 이모를 보고 있으면 나도 왠지 강해지고 싶다는 생각이 들고, 그렇게 되는 구체적인 방법을 고민하게 된다. 그럴 때 짓는 밥은 조금 더 차지고 감칠맛이 난다.

이모가 싸움을 마치고 돌아오면 우리는 밥과 국을 나눠 먹었다. 온수 매트 위에 요를 깔고 앉아서 귤을 까먹고 이모가 틀어 주는 장필순이나 스티비 원더를 배경 음악 삼아 잠이 드는 밤. 꿈 없이 긴 잠을, 나도 가끔은 가질 수 있었다.

4

　날씨가 한결 풀렸을 즈음엔 엄마의 전화를 조금 더 반기게 되었다. 암스테르담에 있다는 엄마는 한국에 돌아오면 연애 프로그램의 돌싱 특집에 나가 볼 거라 했다. 엄마에게서 들은 말 중에서 손꼽히게 재밌는 말이었다. 나는 신청서를 대신 써 주겠다고 했다. 그 뒤에 잠시 이어진 침묵은 곧이어 터질 큰 웃음을 위한 고요였다. 나와 엄마는 함께 큰 소리로 웃었다. 아주 오랜만의 일이었다. 웃음 끝에, 나는 엄마에게 갈비찜을 만들어 주겠다고 약속했다.

　이모와 나도 여행을 계획했다. 1박 2일의 캠핑. 장소는 다름산이었다. 채운사 스님께서 우리에게만 알려 준 명당이 있었다. 3월 모의고사를 마친 혜영과 다해와 정연도 함께 가기로 했다.
　금요일 밤에는 캠핑 전야를 기념하여 이모의 집에서 다 같이 잤다. 우리의 여행 소식을 들은 외할머니와 용순 씨가 먹을 것을 잔뜩 가져다주었다. 미역국과 돼지 불고기, 시금치, 콩나물, 도라지, 배추김치, 파김치, 갓김치, 삼색전, 잡채가 냉장고에 그득했다. 들고 가기에는 많고 무거운 양이었다. 우리는 그 음식들을 이모와 내가 쓰는 작은 밥상에 테트리스 하듯이 옹기종기 올려서 열심히 먹었다. 비벼서 먹고 얹어서 먹고 그래도 남은 것은 돌아온 다음 나눠 갖기로 했다.

아침에는 비가 왔다.
"계속 내리면 어떡하지?"
다해가 걱정스런 얼굴로 말했다. 모두가 이모의 말을 기다렸다.
"절에서 재워 주겠지."
그게 되려나. 걱정은 가시지 않았지만 이모의 의지가 확고해 보여서 군말 없이 출발했다. 다행히 비는 이내 그쳤고 산에 도착했을 때는 쨍하니 맑았다.
절을 향해 올라가는 길에 케이블카 연장에 반대하는 플래카드가 걸려 있었다. 이모는 하얀 바탕에 파란색 페인트로 쓴 플래카드 앞에 우리를 세워 놓고 사진을 찍었다. 이모와 친구들이 걸어 놓은 것이었다. 사진의 가운데에는 밤이가 앉았다.

채운사 가까이에 가니 스님과 동자승들이 마중을 나와 있었다. 이모를 보살님이라 부르는 어린 스님들. 젊은 부모는 없지만 늙은 스님을 가진 아이들. 스님이 만들어 주는 햄버거와 꿀호떡을 좋아하는 다섯, 여섯, 일곱, 여덟 살들. 그들과 함께 점심을 먹고 법당에 올라가 기도를 드린 다음 오후 나절을 함께 놀았다. 혜영이 생활 트래핑 시범을 보였다. 혜영의 발등에 사각형의 순두부가 착, 붙었다가 퍽, 부서졌다. 이모와 내가 들어

본 적 있는 웃음소리들이 절 마당을 가득 채웠다.

밤.
달 맑고 바람이 소슬하게 불었다. 경량 패딩으로는 부족하여 절에 내려가 담요를 빌려 왔다. 무릎에 담요를 올리고 따뜻한 유자차를 마셨다. 캠핑 탁자 위에 올려놓은 정연의 태블릿에서 장작불 ASMR 영상이 재생되었다.

우리는 게임을 했다. 도서관에서 제목만 보고 빌려 온 책에서 자기의 비밀을 찾아 잘 쓰지 않는 손으로 옮겨 적고 그걸 뒤섞은 다음 읽는 게임이었다. 그렇게 해서 알게 된 건, 우리가 모두 키스를 해 본 적이 있다는 것, 우리 중에 두 명은 물건을 훔쳐 본 적이 있다는 것, 세 명은 자신의 뺨을 때려 봤다는 것, 다시 두 명은 짝사랑을 해 봤다는 것이었다.

그리고 한 명은 일주일 내에 토를 했다.

혼자 점심을 먹다가 문득 너무 많이 먹은 것 같아서 토를 하고 줄넘기를 오백 개 뛰며 운 사람이 있었다. 아무도 말을 하지 않았다. 나는 고개를 숙였다. 충동을 조절하지 못한 것 같았다. 밤이가 내 무릎에 소리 없이 올라왔다.

"다음에도 말해 줘."

혜영이 말했다. 심호흡을 한 번 하고 대답했다.

"내가 쓴 쪽지 아닌데?"

"나도 너한테 한 말 아니거든?"

이모가 쿡, 웃었다. 다해와 정연도 따라 웃었다. 혜영의 깊고 든든한 눈빛을 괜히 모른 체하며 마음속으로 말했다. 고맙다고.

그리고 춤을 췄다. 게임을 끝낸 뒤에 누군가 음악을 틀었다. 손가락을 까딱이고 어깨를 들썩대다가 어느 순간 일어나서 춤을 추기 시작했다. 밤이도 펄쩍펄쩍 뛰고 이모도 손가락을 허공에 찔렀다. 음악 소리는 크지 않았지만 우리의 몸짓은 갈수록 커졌고 찬 공기 속에서도 땀이 흘렀다. 이러다 감기 걸리겠는데. 생각했지만 몸을 멈추고 싶지 않았다. 서로의 들뜬 얼굴을 보니 더욱 신이 났다.
랄랄라. 라랄라.
추임새도 넣어 가며 춤을 추는 동안 이모가 탁자 위에 놓여 있던 묵묵을 팽이처럼 돌렸다. 검은 돌의 헤드스핀. 빙글빙글 돌아가는 묵묵의 몸이 밤과 숲의 빛을 머금었다. 반짝. 태어나서 처음 보는 빛을 나는 보았고 눈을 감았다. 계속 춤을 추었다. 세상이 나와 함께 돌고 돌고, 또 돌았다. 그리고 들었다.
'찾았다!'
묵묵의 목소리였다.

작가의 말

 이 소설은 돌봄 소설집 『너의 오른발은 어디로 가니』에 실었던 단편 「녹색 광선」을 장편으로 고쳐 쓴 것입니다. 책의 두 번째 장에 해당하는 이모와 연주의 숲 산책이 가장 먼저 완성된 이야기였고 그날의 앞뒤로 연주와 이모의 이야기를 덧붙여 완성하였습니다. 저의 또 다른 장편소설 중 하나인 『꼬리와 파도』도 이와 유사한 방식으로 썼지만, 사실 큰 차이가 하나 있습니다. 『꼬리와 파도』의 경우 단편 「숲속의 아이들」을 완성한 뒤에 소설 속 인물들이 털어놓은 비밀을 받아 적은 느낌이었다면, 이번 『녹색 광선』은 인물들의 숨겨진 이야기를 집요하게 캐물어야 하는 느낌이었거든요. 『녹색 광선』의 인물들은 제 소설에 등장했던 그 누구보다도 더욱 굳게 입을 다물고 대화를 거부하는 듯했습니다. 글이 잘 써지지 않을 때는 이 상처 많은 인물들에게 '너무하네……'라며 서운해하기도 했고요. 연주와 이모의 이야기를 알아 가는 데는 많은 시간과 고생이 필요했습니다.

 그리하여 저는 처음 이 소설을 쓰던 때의 생각으로 자주 돌아가야 했습니다. 단편 「녹색 광선」은 제 아내가 가족들과 다녀왔던 2019년의 여행기에서 시작되었고, 그 이야기 속에는 휠체어를 탄 사람이 한 명 있습니다. 그는 평상시에 쉽게 가기 힘든 숲과 산에서 꼭 보고 싶었던 무언가를 발견하는 데 성공합니다. 그날의 기억을 들려주는 아내의 얼굴이 해사하여, 아내 또한 꼭 보고 싶었던 순간 하나를 보고 온 것 같아서, 저 역시 마음에 품게 되었던 이야기입니다. 그리고 몇 년의 시간을 경유하는 동안 제게 그 이야기는 '돌봄'이라는 단어를 생각할 때 함께 떠오르는 중요한 장면이 되었고, 행복하게 품을 수만은 없게 되었습니다. 휠체어를 탄 이모의 산책과 그 곁의 강마른 연주를 떠올렸을 때 이 소설은 '누군가를 돌볼 여력이 없는 사람들이 서로를 돌보지 않는 이야기'로 결정되었습니다.

장편 『녹색 광선』을 쓰며 해결해야 했던 첫 번째 질문은 그들이 왜 '서로를 돌볼 수 없는가?'였고, 다음 질문은 '그렇다면 이들은 누가 돌보아야 하는가?'였으며, 마지막 질문은 '돌봄에서 희생을 어떻게 분리할 수 있을까?'였습니다. 그리고 제가 쓴 이 이야기는 그 질문에 대한 서툰 대답이라 할 수 있겠습니다. 이 산만한 대답을 뭉치고 뭉쳐 잘 빚은 것이 우리의 검은 돌, 묵묵입니다. 연주가 꼭 갖고 싶어 했고 우연히 갖게 되는 묵묵은 아주 검고도 윤기가 흘러 때때로 얼굴이나 하늘, 물과 바람이 비칠 수도 있습니다. 이 소설의 마지막 장을 덮은 여러분도 묵묵에 비치는 어떤 것을 상상하며 들끓고 시끄러운 삶의 순간들을 단단하게 건너시길 바랍니다.

이 소설이 완성되는 동안 고민을 함께 나눠 준 아내와 가족들에게 감사를 전합니다. 필요한 정보와 조언을 제공해 준 친구 창용에게도, 귀하디 귀한 추천의 말을 써 주신 오세란 평론가님과 장일호 기자님께도, 멋진 표지를 선물해 주신 휘리 작가님께도, 그리고 무엇보다 이 책의 시작과 끝에 동행해 주신 이하나 선생님과 강정윤 편집자님께도 무한한 감사의 마음을 표합니다.

강석희

추천의 글

강석희의 시선은 그늘진 자리를 향한다. 이번 작품에서 작가는 각자 상처를 안고 살아가는 두 인물을 불러낸다. 불교에서 업(karma)이라고 표현하듯 인간은 누구나 자기 몫의 숙제를 안고 살아가고, 인물이 짊어진 짐은 상처로 형상화된다. 이 작품의 미덕은 아픔을 드러내고 보듬는 손길의 섬세함에 있다. 음식을 거부하거나 가까이 다가오는 친구들을 밀어내는 주인공의 방어적 태도와 휠체어 장애를 가진 이모가 온라인에 남긴 글들은 상처에 상처를 더하지 않으려는 안간힘이다. 약해진 벽이 한 번의 타격으로 무너지듯 타인의 섣부른 관심은 상처를 악화시키고, 그런 사건 이후에 인간은 자신만의 세계로 숨어든다. 정작 필요한 것은 말 없는 위로와 적절한 거리다. 우리는 연주 곁을 지키는 검은 돌 '묵묵'의 마음을 닮아야 한다. 한없이 가깝거나 멀 수 있는 이모와 조카의 관계 또한 상처를 아물게 할 거리의 은유를 보여 준다. 두 행성이 마주 보며 공전하듯, 서로의 삶에 따뜻한 거리를 유지할 때 우리는 내면의 자아를 응시할 용기를 얻는다. 우리의 상처가 낫지 않을지라도 누군가 녹색 광선 같은 빛을 선사한다면 우리는 더 이상 아프지 않을 것이다.

— 오세란(문학평론가)

자라는 일은 왜 이렇게 어려울까. "멀리서 보면 반짝이는 윤슬 같았으나 손으로 집으면 날카롭게 베이는 유리 조각 같은 순간들"은 청소년기를 완벽하게 요약하는 문장이다. 깨지고 부서지고 무너진 자리에 성장은 서럽게 도착한다. 그래서 『녹색 광선』은 조금씩 이상하고 어딘가 어긋난 시절에 부치는 편지 같다. '낙하의 시간'을 거스를 수 없다면 "견디는 연습을 하자"라고 다정하게 손 내민다. 씹고 뱉고 먹고 토하던 연주가 "흐물흐물해질 때까지 푹 끓여 홀홀 불어 먹는 배춧국"을 만들 수 있게 되기까지, 풀어야 했던 생의 수수께끼를 홀로 감당하게 두지 않는다. 연주에게 혜영이 그랬던 것처럼 "지퍼를 연 배낭을 무릎 위에 올려놓은 채 그 속에 머리를 집어넣고 소리 내어" 대신 울어 주는 사람이 있어서 우리는 상처 입되 훼손되지 않는다. 덕분에 연주는 "이대로 괜찮을까"라는 질문 속에 돌처럼 단단한 '괜찮다'라는 답을 숨겨 놓는 법을 배운다. 이 소설을 다 읽고 나면 외로운 사람들의 주머니마다 까만 돌을 하나씩 넣어 주고 싶다. "체온으로 데워져 따뜻"한 돌을. 이 묵묵한 돌멩이 같은 이야기를, 당신도 읽을 수 있다니 정말 다행이다.

— 장일호(『시사IN』 기자)

참고 자료

도서

— 조한진희 외, 『돌봄이 돌보는 세계』, 동아시아, 2022.

— 김지우, 『우리의 활보는 사치가 아니야』, 휴머니스트, 2024.

— 박경석, 정창조, 『출근길 지하철』, 위즈덤하우스, 2024.

— 빅토리아 잉, 『삼킬 수 없는』, 강나은 옮김, 작은코도마뱀, 2024.

— 정유리, 『날것 그대로의 섭식 장애』, 부키, 2022.

— 곽예인, 『나는 거기 없음』, 위고, 2024.

— 차열음, 『열네 살 우울이 찾아왔다』, 창비, 2024.

논문

— 김정현, 차지영, 「선천성 심장질환아 아버지의 경험」, 이화여자대학교대학원, 2016.

— 이진솔, 「섭식 장애 환자들의 삶에 관한 내러티브 탐구」, 인제대학교 일반대학원, 2022.

영화

— 김보람, 「두 사람을 위한 식탁」, 2023.